KB010372

문학과지성 시인선 571

투명도 혼합 공간

김리윤 시집

문학과지성사

문학과지성 시인선 571

투명도 혼합 공간

초판 1쇄 발행 2022년 8월 8일
초판 6쇄 발행 2024년 11월 12일

지 은 이 김리윤
펴 낸 이 이광호
주   간 이근혜
편   집 방원경 김필균 이주이 허단 윤소진 유하은
펴 낸 곳 ㈜문학과지성사
등록번호 제1993-000098호
주   소 04034 서울 마포구 잔다리로7길 18(서교동 377-20)
전   화 02)338-7224
팩   스 02)323-4180(편집) 02)338-7221(영업)
전자우편 moonji@moonji.com
홈페이지 www.moonji.com

ⓒ 김리윤, 2022. Printed in Seoul, Korea

ISBN 978-89-320-4039-4 03810

이 책은 서울특별시, 서울문화재단 '2021년 첫 책 발간 지원사업'의 지원을 받아 발간되었습니다.

문학과지성 시인선 571

투명도 혼합 공간

김리윤

시인의 말

이미지가 세계에 뚫린 구멍이라면

그곳을 지나갈 빛이 있다면

2022년 8월
김리윤

투명도 혼합 공간

차례

시인의 말

1부

재세계reworlding

지나간 일은 다 잊자
지나간 일은 다 잊는 거야

그는 이 대사의 다음 장면에서 죽었다
영화 속에서 영화는 계속될 것 같았고
그 사람은 영원히 아무것도 잊지 못할 것이다 그리고
모든 것을 영원히 잊게 될 것이다

휴대폰 불빛이 신경 쓰여서 도무지 영화에 집중할 수
없었어
극장에 꽉 들어찬 어둠은 그 작은 불빛 하나 숨겨주지
못하고
주인공은 12월 밤거리의 쏟아지는 불빛 때문에 맞은
편에서 다가오는 것도 알아보지 못한다

오래된 거리를 걸으면 가로수들은 영원히 자랄 것 같
다 정원사의 손에서 떨어지는 잎사귀와 뚝뚝 분질러지는
나뭇가지의 미래를, 잔디가 깎이는 동안 우수수 떨어지
는 머리통을 다 기억하면서

12월엔 어디에서나 커다란 나무에 작은 전구들이 주렁주렁 매달리고
불빛이 들어오고
빛을 끄고 불을 켜면 다 똑같아 보이는

세계의 근원은 이제 전기라고
인간은 빛보다 한참 느린 속도로 움직이면서 원하는 만큼의 빛을 만들 수 있다
운전자가 죽은 다음에도 계속 달릴 자동차를 가질 수 있다

이것은 생명의 낭비를 줄여주는 기술입니다
그러나 너무 환한 곳에서는 생명을 낭비하게 될 수도 있습니다
높은 조도에서는 사물을 정확하게 인지하기 어렵기 때문입니다
밝게 빛나는 하늘과 흰옷을 입은 사람을 구별하기란 거의 불가능한 일입니다

세계는 점점 더 낮은 조도로 진화하고 있어
매년 20퍼센트 정도의 광량이 감소하고 있대

희박한 태양광 아래에서 낮아지는 조도의 세계에서 우리는 함께 희박해지겠지 정말 좋은 일이다 좋은 미래가 오면, 도로 위에서 공들여 식별해야 할 산 것들이 없는 그런 미래가 온다면 생명이 낭비되는 일도 없을 거야

앞서 걸어가는 사람의 등에 죽은 짐승의 등이 포개져 있다
너는 어쩜 죽어서도 이렇게 따뜻하고 부드러운지
짐승의 등을 어루만지며

아름답다 감탄하는 사람들이 모두 사라진 자리에서 아름다움은 시작되었다
이것은 전기로 작동되는 신이 들려준 이야기다

평범한 대낮의 밝음*

햇불은 광원으로서 복도나 방에 빛을 던지기 위해 발
명되었다**
사전을 읽으며 먼 옛날의 평범한 조도를 상상한다

발화와 동시에 현재를 지나치는 말
걸음을 떼는 순간 지나간 자리가 되어버리는 위치

꺼지지 않고 커지지 않는 무언가를 녹이지도 태워버리
지도 않는 피운 위치로부터 멀리 더 멀리 가도 낡지 않고
닳지 않는
손으로 가질 수 있도록 한 불*** 속에서
시간은 시작도 끝도 없이 구불구불 멈춰 있다

검은 책을 받아 든 사람은 조금 다른 검정을, 더 검은
검정을 원한다고 했다
검은 종이 열 장을 놓고 보면 모두 다르게 캄캄하다고

하지만 저는 도시에서 나고 자라서 이보다 더 검은색
을 만들기 어렵습니다

더 완전한 캄캄함을 상상할 수 없어요

어떤 밤에도 켜진 불빛들이 하나, 둘…… 무수히 끼어들지요

도시는 빛을 감추기에 좋고 원한다면 어떤 빛도 눈여겨보지 않기에 좋다

빛은 어떻게든 숨어든다

미래는 무엇이든 될 수 있는 시간의 이름이다

종말은 미래보다 상상하기 쉽다

끝장에는 모레도 너무 멀어 내일이 좋아

절반은 유품으로 구성된 세계에서

부서진 뼈 위로 쏟아지는 조명 아래에서

새해가 오면 신년 운세를 보고

한 계절이 또 한 계절이 지난 후를 점치며

우리를 기다리는 좋은 일을, 조심해야 할 것들을 알고

싶어지지

형광등이 켜진 방보다

어둠 속에 알알이 박힌 빛 표표히 서 있는 빛 흔들리는

빛 점멸하다 다시 나타나는 빛 가늠할 수 있는 크기의 빛

그런 빛에 마음이 기울도록 설계된 것이다 우리는

그래서 아주 환해질 수는 없는 것이다

매일 한 쌍의 눈꺼풀을 들어 올리고

캄캄하게 닫힌 눈꺼풀 사이로 유입되는 분량의 빛

속에서 아침은 시작되는 것이다

문을 열자 강물이 활활 타오르고 있었고****

우리는 물과 불 중 하나를 다시 발명해야 했다

    * "몇십 년 전에는 미래가 상상조차 할 수 없이 어두워 보였지
만, 우린 평범한 대낮의 밝음 속에서 그 미래를 살아가고 있
다"(리베카 솔닛, 『어둠 속의 희망』, 설준규 옮김, 창비, 2017).
  ** 위키피디아 '횃불' 문서 참조(https://ko.wikipedia.org/wiki/횃불).

*** 같은 글 참조.
**** 1969년 6월 22일 미국 오하이오주에서 오염된 쿠야호가강 수
면의 기름으로 인해 강물에 불이 붙어 대형 화재가 발생했다.

근미래

여름이 기억나지 않아

추위가 길었다 우리는 연장되는 추위 속에 있었다 무거운 외투 속에 어깨를 구겨 넣고 주머니 속에는 각자의 손만 헐겁게 채워 넣고

여름을 기억해내기 위해 여름에 관한 것이라면 무엇이든 보고 무엇이든 말해보기로 했다 창문을 가로지르는 수평선, 보도블록을 따라 늘어선 야자수, 수영장 바닥의 물그림자, 그을린 피부 위로 맺힌 땀방울

이것 봐, 땀 흘리는 피부와 닮았어

작은 물방울이 열리고 무너지는 유리잔 표면을 쓰다듬으며 말하는 사람이 있다

여름이 기억나지 않았으므로 우리는 '여름'으로 찾은 이미지들을 외우기 위해 애써야 했다 두꺼운 외투 안에 소매 없는 티셔츠를 입고 앉아서 기다리기만 하면 도착하는 여름의 이미지를

사람은 사진에 찍히면 더 오래 살 수 있다는 믿음을 가졌던 적이 있다 카메라에 영혼을 빼앗긴다고 믿었던 적도 있다

여름의 이미지를 기억하는 동안 우리는 점점 더 여름을 잊어가고 있었다
세계는 재현되는 평면의 연속이었다
우리는 모든 풍경을 그림처럼 바라보는 법을 배웠다

여름 나라의 도시 계획은 얼마나 오래 실내에서만 살아갈 수 있는가에 대한 고민으로부터 시작된다지 건물과 아케이드로 구성된 세계 지하철에서 내려 유리 아케이드를 지나 집으로 돌아가는 사람들 우기에는 알알이 맺히고 굴러떨어지는 빗방울 속의 풍경만을 기억한다지

이곳은 우기가 한창이다 눈앞의 물방울들은 모여들고 뭉그러지고 다시 뭉치면서 동그랗게 자란다
우리는 나란히 앉아 물방울 속에서 뒤집히고 축소되는 유리 바깥의 풍경을 보고 있다

유리 벽에 기대선 사람의 이마에는 송골송골 땀방울이
맺혀 있다
그것은 테이블 위의 얼음이 녹아가는 유리잔과 닮았다

땀 흘리는 사람의 피부는 뜨겁고 끈적하고 짠맛이 난대

손끝에 닿는 컵의 표면은 차갑고 축축하고 미끄러웠다
우리는 벽 너머에 있는 이마의 뜨거움을 믿어야 했다
모르는 촉감과 기억나지 않는 온도를 이해하는 대신
알기 위해
모르는 것을 상상하기 위해 노력해야 했다

누군가 뜨거운 물을 따르기 시작한다
쏟아진 물은 투명하고 카펫은 더 짙은 색으로 표면을
드러낸다

우리는 먼바다에서 투명한 물이 바닥을 감추고 있는
것을 바닥을 감추는 물이 벽에 맺힌 물방울 속에서 좁아

지는 것을
　뒤집히고도 쏟아지지 않는 것을 지켜보았다

　한 사람이 바닷속으로 돌을 던지고 오랫동안 같은 자
리에 서 있다
　바닥이 얼마나 멀리 있는지 확인하려는 것처럼 바닥에
닿은 돌이 내는 소리를 기다리는 것처럼
　바닥에 닿아 튀어 오른 돌이 돌아오기를 기다리는 것
처럼

　모두 다른 마음으로 모두 다른 창문을 보고 있다 해도

사실은 느낌이다[*]

우리가 이 날씨를 다 망쳐버렸어
이렇게 말하면 아직 더 망칠 수 있는 날씨가 있는 것
같다

말간 햇빛이 정수리로 부드럽게 쏟아지고 엉덩이에 풀
물이 들도록 잔디밭에 앉아 있을 법한 날씨 벤치에 앉아
개가 참 많다 저 많은 개들이 모두 행복해 보인다 감탄하
게 되고 개들은 바쁘고 바쁜 개들의 까맣고 촉촉한 코 위
로 미끄러지는 햇빛을 하염없이 쫓아가고 싶은 날씨

우리는 어두운 카페에 나란히 앉아 창밖을 본다
물이 찬 두 쌍의 신발 속에서
허옇게 붓고 있는 발을 나란히 하고
눅눅한 티셔츠를 입고

함께 있다고 느끼면
모든 거리를 초월해 가까이 있는 유령처럼
아직 더 망칠 날씨가 있다는 느낌 속에서

주어진 것이라면 무엇이든 망칠 준비가 되어 있다는
생각
준비된 솜씨를 숨기기 위한 노력이 데려오는 시간과
나란히 앉아 창문 밖 스크린을 본다

조감도 속의 완벽한 날씨를 봐
저렇게 결정된 풍경은 도무지 풍경처럼 보이질 않고
날씨를 모르는 사람이 상상한 날씨가
구현된 날씨의 이미지가 날씨를 덮고 있는 것 같지
덮인 날씨 위로 쌓인 먼지가 풀풀 날리는 것 같지

어제는 종이로 무엇이든 접을 수 있다는 사람의 영상
을 뭐에 홀린 것처럼 봤어 종이접기의 신이라는 사람 얇
고 평평한 물성 접힐수록 더욱 자라나는 부피 열 개의 손
가락에서 시작되는 세계
더 망칠 것도 없을 날씨 한 번이면 곤죽이 될 세계를

보호하고 싶은 장소엔 출입통제선 대신 종이로 접은
것들을 두면 된다고

손가락 하나로도 망쳐버릴 수 있는 것
그런 것들을 그냥 밟고 지나갈 수는 없는 법이라고
그렇게 말하며 손을 움직이는 사람을

여길 화사하게 하기 위해 무엇이 필요하지?
불씨 하나를 톡 던져 넣으면 환해지는 아궁이 같은 것
이라면
불타오르며 밝아오는 날들로 충분하다면

창문 좀 열어봐
우리가 망칠 수도 있는 날씨가 아직 남아 있는 것 같다

뭐에 홀린 듯한 산책을 생활이 없는 듯한 산책을 하게
되고 개들은 혼자 남은 집에서 가족을 기다리는 법을 다
잊어버릴 것 같은 그래도 상관이 없을 날씨

물이 들어찬 신발 속에서
무엇도 밟아본 적이 없는 것처럼 부드럽게 물러가는
발 허물어지는 발

부드러운 발바닥이 닿아본 전부인 것 같은
조그맣지도 않은 발

정말 사랑하니까 망치기 쉬운 것을 많이 주고 싶을 거야
우리를 가장 사랑했던 신이 죽기 전 우리 앞으로 남겨
준 상자는
종이로 만든 것이고
그 위에는 종이로 만든 꽃 한 송이가 올려져 있어

손댈 수 없고 들어갈 수 없다

* Yvonne Rainer, *Feelings Are Facts*, The MIT Press, 2013.

전망들

곤히 잠들었을 때 가장 어여쁜 법이지, 누구라도. 천사
같이. 그 말이 무서워서 울었던 것은 어른이 되고도 한참
뒤의 일이었어요,
선생님.

잠에 잡아먹히면 약도 없다는데요.
호랑이가 물어 가도 잠만 쿨쿨 잔다는데요.
어여쁜 얼굴로 곤하고 막연하게.

잠 다음만 생각해
꿈에는 아무런 의미도 없다
꿈은 거울도 아니고 예언도 아니고 끄는 것을 깜빡한
전등 같은 거다, 알지?
어깨를 두드리며 말해주는 내 친구들

뜬눈으로 오는 하루에도
눈이 마주치면 재채기 같은 웃음이 터져 나오는
유리알 여물듯 맑게 웃는 친구들
굴러다니고 굴러떨어지고

닿는 사물마다 다른 소리를 내며 기뻐하는
아름답게 깨지는 웃음을

웃으면서 우리는
내일은 정말로 죽어야겠다
마음먹은 날에도
게임 판을 놓고 마호가니 테이블에 둘러앉아
이 피로가 원하는 것을 찾아보려 했어

앉으나 서나 누워서도 한 칸 한 칸 어디로든 전진하는
세계
　전 재산을 모조리 잃고도
　다음 칸에서는 끈적한 여름 바닷가에 드러누워 칵테일
을 마시는 세계
　게임 판 위에서 우리 중 아무도 죽음을 원하지 않았지

　주사위를 굴려
　악착같이, 굴복을 모르고, 아득바득, 노곤함이 딱딱하
게 굳도록 기다리면서, 맹점을 뚫어져라 응시하면서

잠과 싸우면서
잠드는 법이 없는 못난 얼굴로 둘러앉아서
터무니없이 시간을 낭비하면서

아직도 너무 젊은 우리, 숟가락 쥘 힘이 남아는 있는지
알 수 없도록 피로한 우리, 아직도 막막하도록 막연히
젊은 우리의

샅샅이 뒤질수록 넓어지는
골몰하고 생각할수록 좁아지는 잠

드디어 납작해진 잠
돌발적으로 튀어나온 돌부리를 깎아내며 걸어간 사람
들이 있었던 것처럼
너럭바위 같은 잠
삼삼오오 모여 앉아 김밥을 까먹을 양지바른 잠
무엇이든 될 수 있는 잠

무엇으로든 살아볼 수 있고 무엇이든 될 수 있다면 저

는 늘 이 모든 게 꿈인 것을 알고 있는 사람이 되고 싶었
어요, 선생님. 꿈이라면 무엇이든 아름다운 정물처럼 바
라볼 수 있잖아요. 깨진 유리 항아리에서 흐르는 액체, 한
적한 시골길의 뒤집힌 자동차, 촛불을 든 여자들, 덤불 속
에 잠든 것처럼 누운 개……

잠에 진 사람들의
곱게 뒤집혀 노곤하게 쪼개진
이 예쁜 얼굴들을.

당신은 당신의 깨끗한 이불을 덮고 단내 나는 입을 반
쯤 벌리고 코를 골며 고단하게, 그리고 곤히 주무시고 있
겠지요.
우리가 잠들지 않는 밤에
꿈들은 어디로 갈까요, 선생님?

나 정말 아름다운 곳에 와 있어.
너무나 비현실적으로 아름다워서, 꿈인가 생시인가 싶
은 광경이라서

여기서 꾸는 모든 꿈은 현실보다 더 생생하게 느껴지
는 거 있지.

거기서 내가 본 것이 어떻게 아름다웠는지
눈을 감고도 눈앞에 훤하도록 보여주려고
긴긴밤 내내 쓴 엽서를 보내면
엽서 앞장의 사진이 정말 아름답더라, 정말 아름다운
곳에 있구나
답장하는

눈 밝은 내 친구
피로를 모르듯이
깨끗하고 바스락거리는 눈꺼풀을 덮고
곤히 잠들어 아름다운

이야기를 깨뜨리기*

시간이 흐르기 위해 필요한 것들을
서로의 주머니에 몰래 넣어둔 친구들아

실패하지 않는 사랑
남겨지는 사람이 되지 않기
이런 것만이 우리의 소원은 아닐 거야

오른발로 유리잔을 밟으면
와장창 터지는 웃음소리**

슬픔을 깨뜨리며 슬픔을 기억하기
미래의 불행을 미리 깨뜨리기

깨진 컵을 버리는 여자들과
새 컵을 찬장에 채워 넣는 여자들
우리는 와장창 웃으며 미래로 간다

세상에는 검은 모래의 해변도 있어
백사장이라는 말을 몰랐더라면 우리는

검지도 희지도 않은 모래를 뭐라고 부를까 골몰할 수
있었겠지

세계는 거꾸로 익어가는 과일 같다
한입 베어 물면 과즙이 뚝뚝 흐르는 것으로부터
이가 들어가지 않는 단단함을 향해

우리는 미래에게 목덜미를 잡힌 것 같다
뒤로 걸으면서 앞을 보기를 멈출 수 없는 것 같다

한쪽 현실을 바라보는 사이 또 다른 현실이 흔들리며
흩어지네***
우리는 어떤 인과도 배운 적 없는 사람들처럼
어떤 것도 인과로 저장하지 않는 사람들처럼
걷고 웃고 먹고 잠드네

바깥의 여름 속을 걸으면 더위의 인과를 묻고 싶어져
정말 덥다,
여름이니까 덥지

이런 대답 대신

새롭게 열리는 땀방울을
이상한 질감의 피부와 미친 햇빛을
앞사람의 손에 들린 봉지 속에서 흔들리는 복숭아 두
알을
똑같은 교복을 입은 애 둘이 새끼손가락을 걸고 신호
를 기다리는 것을 본다

여름 나무의 빼곡한 잎이 부드러운 천장을 만든다
여름 바람이 만드는 틈 사이로 쏟아지는 햇빛
구멍 난 천장이 두 개의 새끼손가락에 동그랗게 걸리
는 것을 본다

초록 불이 켜지면 사방에서 쏟아지는 얼굴들
먼지 속에 숨을 수도 없이 환한 여름에
드러난 사랑의 부스러기들

사람들은 이렇게나 다른 것을 모두 얼굴이라고 불러

왔네

또 이렇게나 모두 다른 사랑을 어떻게 불러왔는지

똑바로 익어가는 과일처럼 부드러운 세계를

흘러가는 시간을 본다

우리는 기호가 아니다

사랑의 형식들을 오른발로 밟으면

와장창 터지는 모두 다른 웃음소리

　* 리베카 솔닛, UC 버클리 저널리즘 대학원 졸업식 축사.

　** 유대인 결혼식에는 식이 끝나는 것과 동시에 유리잔을 바닥에
　　놓고 신랑이 오른발로 밟아 깨뜨리는 풍습이 있다. 『탈무드』에
　　서 기인한 이 풍습에는 깨어진 유리잔처럼 돌이킬 수 없는 것이
　　결혼임을 상징하는 것, 예루살렘 성전 붕괴의 슬픔을 기억하는
　　것, 큰 소리를 냄으로써 악마들을 만족하게 해 결혼을 방해하지
　　않도록 하는 것 등의 의미가 있다.

　*** "한쪽 현실을 바라보는 사이 또 다른 현실이 흔들리며 흩어질
　　것이다"(에이드리언 리치, 『우리 죽은 자들이 깨어날 때』, 이주혜
　　옮김, 바다출판사, 2020).

작고 긴 정면

"미래는 아이들의 얼굴에, 생일과 명절에 딸이 보내오는 사진에 적혀 있다. 딸의 딸이 자란다."*

적힌 미래를 읽을 수 없다
사진첩 속의 부드러운 무릎뼈를 가진 너, 길쭉한 머리통을 점차 둥글게 만들던 너, 컬러사진 속에서 명암으로만 구성된 세계를 보는 너…… 얼굴은 참 많기도 하지, 작년 사진만 봐도 전생 같지 않아?
친구의 딸이 자라고 딸의 딸이 자라는 시간들

국 데워 먹어라 속이 따뜻해야 무엇이든 한다
딸들은 새하얀 겨울 무를 투명해지도록 모서리가 다 무너지도록
푹 끓인 국을 나눠 먹고는
서로의 입속에 다글다글 들어앉은 이를 다 헤아렸지요
이가 없어도 먹겠어
부드러운 무보다 더 부드러운 살과 반투명한 피부
그 안에 작고 단단한 돌같이 박혀 있는 것들을

속눈썹이 다 얼어버리는 날씨 속에서
열어둔 수도꼭지에서 똑똑 떨어지는 물소리를 들으며
우리는
딸의 딸들로
딸의 친구로 친구의 딸로
언니로 동생으로

여기에 앉아서
겨울나무에 남은 열매 위로 눈이 쌓이고
녹고
얼었던 열매가 다시 말라가는 동안 찾아오는 새들을
조그맣다는 면에서는 모두 닮은 모두 다른 새들을
작고 단단한 부리가 날씨보다 빠르게 열매의 형태를
해체하는 것을
몇 세기 동안 멍하니 바라보았지요

언니야
새들의 잠은 얼마나 깊을까
새들은 한쪽 눈만 감고 반쪽짜리 잠에 든대

잠이 쏟아지도록 먹이고 싶어
불을 꺼주고 이불을 덮어주고
실컷 자고 난 새들에게 다시 따뜻한 것을 먹이고
무엇으로 만든 이불이어야 저 작은 몸에도 무겁지 않
을까

새가 날아가고
가볍게 튕겨 오르다 흔들리는 나뭇가지
우리가 보는 생명력
너무 인간적인 생각

아름다움의 이유가 그것의 약점이기도 하지요**

사람의 얼굴은 우리가 만져본 어떤 물성과도 달라서
자연을 접고 펼치고
뒤집으며 형식을 지운다

어떤 이름을 짓는다 해도 모두 실패한 이름이 될 거야
너희는 매번 이름을 넘치며 제멋대로 자랄 테지

속한 자리의 표면을 깨뜨리면서

공간이 파괴된다면 지평선이 또 수평선이 생기겠지요

오늘도 날이 춥다 옷 단단히 입고 나가라
네 세계의 변화가 계절이 오고 가는 것이 전부인 것처
럼은 말고
계절에 맞는 옷차림을 준비하고 문을 여는 것처럼
문을 모두 열어두는 것처럼
추위가 맺힌 얼굴을 오래 들여다보는 것처럼

미래는 적혀 있다 시간에 갇힌 얼굴들
맞댄 얼굴들
미래는 없다는 확신 속에서도

기록 바깥에서 늙어가는 얼굴들의 기댄 이마 사이로
흘러오는 미래
얼굴에 주어진 자연을 다시 뒤집으면서

* 킷 리드, 「상어섬의 어머니들」, 은네디 오코라포르 외, 『야자나무 도적』, 신해경 옮김, 아작, 2020.

** "하지만 '생명력'이라는 단어에서 느껴지는 아름다움이 바로 그것의 약점이기도 하다"(크리스토퍼 알렉산더, 『영원의 건축』, 한진영 옮김, 안그라픽스, 2013).

영원에서 나가기

우리도 다 늙었나 봐
꽃 사진을 찍으며 함께 웃던 친구들아
우리는 열심히 웃느라 늙는 일도 깜빡한 것 같았네

그런데 다 늙는다는 건 뭐지?
우리가 자라온 시간
늙어갈 시간보다 오래된 꽃나무 밑에서
우리는 여전히 질문으로만 답할 수 있는 질문을 잔뜩
가진 사람들

친구의 품에 안긴 작은 사람의 이마에서 꽃잎은 얼마
나 거대해지는지
손바닥에 떨어진 꽃잎은 얼마나 작고
얼마나 쉽게
두 손가락 사이에서 형태를 잃어버리게 되는지

나는 발이 없는 것만이 계속 자란다는 사실을 떠올린다

우리와 세계가 서로 단단하게 묶인 레이어라면

같은 비율로 커지다 먼저 멈출 수밖에 없다면
우리의 작은 손으로는 나뭇잎 하나 망가뜨리기 어려울
텐데
우리는 참 쉽게 깨질 텐데

매일 2만 마리의 새가 유리 벽을 통과하려다 죽는대
자그마한 발을 가진 작은 새들
다 큰 새들은
다 자란 다음에도 새롭게 거대해지는 풍경이 의아해

이 세계는 형태가 결정하는 물질로 이루어진 레이어다*

도시의 유리 벽들은
끝없이 자라는 나무에게도
두 발로 나뭇가지를 움켜쥔 새들에게도 당혹스러운 속
도로 자란다

기다리는 시간 앞에서 숫자는 얼마나 길게 늘어지는지
동전을 세는 손안에서 숫자는 얼마나 작아지는지

살아 있었던 것들을 세는 마음 앞에서 숫자는 얼마나
거대해지는지

　유리문은 가볍게 회전하고 우리는 문 안으로 미끄러
진다
　우리는 너무 많은 영화를 너무 많은 스크린을 봤다
　프레임 안으로 쉽게 미끄러진 다음
　화면 바깥을 잊지 않기 위해 노력해야 했다

　강화유리는 안전하게 깨지는 유리이기도 하지
　설탕 결정처럼 우수수 쏟아지는 유리 파편 아래의 새
를 본다
　가느다란 뼈와 연약한 살 부드러운 깃털
　굳어가는 새는 새의 형태를 잃어버리지 않는다

　우리는 창문 안쪽에 서서 열매가 주렁주렁 열린 커다
란 나무를 보고 있다
　과일과 설탕을 2 대 1의 비율로 끓여 걸쭉한 상태의 액
체로 만드는 것은 과일을 보존하는 가장 오래된 방법이다

집이 불에 타오를 때만 비로소 건축 구조를 목격할 수
있다는 말이 사실이라면……**

열매들이 나무에 매달린 채로 썩어갈 때
우리는 꽃의 모양을 본다

  * "물질이 형태를 결정하고 동시에 거의 무의미하게 만들어버리는
     물체들이(예를 들면 돌덩어리, 물 한 방울, 그리고 일반적으로 모든
     자연적인 것들) 있는 반면 다른 것들은(항아리, 곡괭이, 인간에 의해
     만들어진 모든 것들) 형태가 물질을 결정하는 듯이 보인다"(조르조
     아감벤, 『내용 없는 인간』, 윤병언 옮김, 자음과모음, 2017).
** 같은 책.

유리를 통해 어둡게*

유리라고는 조금도 찾아볼 수 없는 집과 내부의 기물까지 집을 이루는 모든 것이 유리인 집이 있다면, 둘 중 한 곳에서 평생을 살아야 한다면 뭘 고를래? 창문 없는 집과 창문으로만 구성된 집이 있다면, 깨지기 쉬운 것만을 두는 생활과 아무것도 깨질 리 없는 생활 중 하나를 고를 수 있다면? 묻는 유리야 네 대답을 들려주고 나 정말 한국 사람답지 웃는 유리야

유리는 작고 어두운 상자에 더 작은 구멍을 뚫고 내가 바라는 것은 무엇이든 보여주겠다고 했다 유리를 통해 어둡게 우리는 믿는 것을 보고 있니 보이는 것을 믿고 있니 둘 중 무엇이 더 어리석은 사람의 일답니 물으며 웃음을 터뜨리는

유리야 김유리 일어났니 밥은 먹었니 화면이 깨져서 모든 문장이 조각난 채로 보여 이게 유리라는 건 별로 생각해본 적이 없었어 깨진 스크린에 손을 베이고 나서야 알았지 물론 어디에나 유리가 있는 거야 하루 이틀 일도 아니지 하지만 유리에 비친, 유리를 통과해 도착하는 풍

경들이 유리 안의 것도 밖의 것도 아니라니

이것 봐, 물이 이렇게 맑은데도 깊어지면 바닥이 보이
지 않는 게 신기하지 않니 나는 이런 게 봐도 봐도 당연
하게 느껴지질 않더라 비가 쌓일 듯이, 쌓이며 깊어지듯
이 쏟아지는 날에도 개와 함께 온 공원을 누비고 다니는
유리야 유리를 통해 어둡게, 그게 이런 말이었을까 어떤
다이빙 선수의 인터뷰를 읽었어 그는 뛸 때마다 벽을 뚫
고 지나가야 하는 두려움 앞에 서 있는 기분이라고 했어

섬에서 나고 자란 유리야 너에게 해변은 물이 돌을 구
르게 하는 소리라고 했지 너는 이제 바닷가에서 돌 줍는
사람을 봐도, 자기 주먹만 한 돌을 골라 주머니에 넣는
여자를 봐도 마음 편히 산책을 마칠 수 있다고 했어 집에
돌아와 발을 닦으며 그 사람의 집에 놓인 돌을 상상할 수
있다고, 더는 작아지지도 둥글어지지도 않고 실내에 든
빛이 맺힐 표면이나 되어주면서 멈춰 있을 아름다운 둥
근 돌을, 20년을 키웠다는 커다란 고사리 화분 귀퉁이에
장식품처럼 놓여 있거나 펄럭이는 종이를 눌러두는, 그

런 쓸모를 찾은 돌을 상상이나 하며 잠들 수 있다고

　　우리는 세계 맥주 여덟 캔이 든 편의점 봉지를 흔들며
함께 돌아오네 유리의 작고 어둑한 집 끝을 모르듯이 채
워지는 술잔 떨어뜨린 컵이 깨지지 않으면 꼭 내가 엄청
난 복을 타고난 사람 같더라
　　말하는 유리야

　　유리의 술버릇은 마시던 컵을 꼭 한 번은 떨어뜨리는
것 유리의 집은 동쪽으로 딱 하나 커다란 창문이 난 집
아침이면 언제나 바닥은 깨끗하고 유리의 큰 개도 간밤
에 몹쓸 것을 주워 먹은 것 같지는 않은 건강한 혀로 유
리의 얼굴을 핥고 개수대로 미끄러지는 햇빛은 집에 있
던 컵의 개수를 잊기에 좋았어

　　네가 치우고 잔 거 아니지 묻는 유리야, 언제나 질문이
많은 유리야 너는 이름을 먼저 잊는 편이야 얼굴을 먼저
잊는 편이야? 이름을 잊기가 쉽다고 생각해 얼굴을 잊기
가 쉽다고 생각해?

까만 옷을 입은 김유리와 김유리의 큰 개와 걷는다
유리의 방법을 유리를 이루는 물질을 생각하며 걷는다
유리를 통해 밝게 유리의 방법으로 밝게 유리인 것처럼

밝게
물 많고 무더운 나라에서 유리의 팔짱을 끼고 걷는다
유리의 팔에 달라붙은 습기와 유리가 하나라는 것이
이상하다

* "Through a glass, darkly"(「고린도전서」 13:12).

듀얼 호라이즌

밤새 불이 났대, 누군가 주차장에서 피운 불이 옮겨붙
었대
　너는 펄럭이는 가림막 사이 시커먼 문을 보며 말했다
　받은 부케는 백 일 후에 태워야 행복해진다는 미신이
있다고도

　뉴스에서 식당 주인은 이곳을 빠져나오면서 신의 목소
리를 들었다고 했어
　그럼 불을 피운 사람은 신의 일을 한 걸까?

　밥솥에서 뿜어져 나온 김이 드나들던 문틈으로 잿가루
가 떠다니고 있었다
　햇빛 속에서 더 시커멓고 선명하게
　떠다니는 그것은 너무 작았다

　친구가 낳은 아주 작은 사람의 선물로 너는 모래 놀이
세트를 골랐다 모래를 담고 쏟는 것을 반복해 집을 만드
는 것이었다 쇼핑백에 담긴 그것을 들고 아파트 단지를
걸었다 놀이터를 가로지를 때 모래의 형태는 우리의 발

밑에서 순간순간 무너지고 있었다

　신은 언제나 문밖에서 기다린대
　너는 현관문을 연다
　인도네시아의 어떤 섬에는 집집마다 신이 살고 있어서
하나의 신이 한 명의 사람을 돌봐줄 수 있대

　우리는 작은 서점 앞을 걷는다
　작은 것들의 신*이라는 제목을 봤을 때 나는 정말 작아
지고 싶었어
　신 하나쯤은 가질 수 있을 만큼 충분히

　아까 그 애 발 봤어? 손가락을 봤어? 얼마나 작은지 봤
어?
　그렇게 말하는 네 옆으로 아주 작고 새카만 개가 지나
간다

　여기까지 왔으니 소원이라도 빌고 가자
　우리는 돌탑 위에 쌓인 돌 중 가장 작은 것보다 더 작

은 돌을 올린다

　더 좋아질 거야
　모든 게 깨끗하고 새로울 거야
　터미널 텔레비전 앞에 모인 사람들은 말하고
　화면에서는 이 도시에서 가장 오래된 아파트가 무너지
고 있다

　가위에 눌렸을 때는 손가락부터 움직여야 한대
　가장 끝마디부터 천천히 작게
　구부러지고 펴지는 손가락을 보다 고개를 돌렸을 때

　옆자리에서 잠든 네 무릎 위에는 주먹 쥔 손이 놓여
있다
　그것은 작지만 충분히 작지 않아서 하나 위에 또 하나
를 올려야 할 것 같다

　* 아룬다티 로이.

미신微神 [미:신]

「명사」 인간과 가까운 곳에서 지내는 아주 작고 구체적인 신. 기도 대신 작은 지침을 갖고 있으며, 그것을 행할 때 미신의 자그마한 영성이 인간을 돌본다고 알려져 있다. 미신은 문지방을 밟지 않고, 밤에는 손톱을 깎지 않으며, 이사할 때는 가장 먼저 밥솥을 안고 집으로 들어갈까?

라이프로그

있잖아, 먹는 걸 좋아하는 사람들은 하루에 세 번은 행복해서 자살하기도 쉽지 않다고 하더라. 텔레비전에서 봤어. 손님 맞을 준비로 정신없는 아침이야. 발치에서 냄새에 코를 기울이는 털북숭이의 표면이 종아리에 닿는 것을 느끼며 스튜를 젓고 있어. 그리고 고소하게 부풀어 오르는 빵냄새. 죽어서 지옥에 가면 사는 동안 남긴 음식을 모두 한데 섞어 먹어야 한다는 이야기를 들어본 적 있겠지. 나는 지옥에서도 행복하려고 가장 좋아하는 음식 한 가지를 매번 조금씩 남겨왔어. 아주 어릴 때부터 쭉. 아무리 맛있는 음식도 섞이면 지옥의 벌에 걸맞은 한 접시가 될 테니 딱 하나만 고르는 것이 고역이었지. 털북숭이야, 네가 먹는 걸 좋아해서 참 다행이다. 털 뭉치에서 불쑥 튀어나온 혀, 마르는 법이 없는 그 혀로 매일 반짝이는 밥그릇을 만들 줄 알아서. 세상천지 갈 곳이 지옥밖에 남지 않는대도, 그래서 네가 열린 문으로 꼬리를 흔들며 들어간대도 지옥에서는 난감할 것이다. 네게 줄 벌이 마땅치 않아서. 빈 밥그릇으로 상을 차려주고는 안녕히 가세요 할 것이다. 공을 던지면 멀뚱히 바라만 보는 너.

이거 아직 살아 있는 것 맞아요? 묻는 손님이 접시 위를 가리킨 것인지, 식탁을 장식한 식물을 가리킨 것인지 헷갈린다. 접시 위에는 닭고기와 렌틸콩이 들어간 토마토스튜가, 식탁 한가운데는 틸란드시아속 식물이 작은 유리 볼에 담겨 있다. 살았다고 해도 죽었다고 해도 그는 믿을 것이다. 이런 모양으로 살아 있다니, 죽어 있다니 생명이란 참 신기해요. 귀한 것을 대접해주셔서 정말 감사합니다. 지옥에 가면 남긴 음식을 모두 섞어 먹어야 한다고 하지요. 하지만 저는 정말 운이 좋아요. 평생 이렇게 맛있는 음식을 대접받아온 덕분에 음식을 남겨본 적이 없답니다. 접시에 남은 소스를 빵으로 닦아가며 식사를 마치는 손님.

믿음은 아무것도 아니다. 접시는 빛난다. 창밖은 끝없이 펼쳐진 목초지. 고르게 뿌려지는 햇빛. 관목들. 반투명한 풀잎의 연둣빛. 정말 잘 타겠구나 활활 불타오르겠구나. 손님이 어깨를 두드린대도 이 생각에서 나갈 수 없다. 아닙니다, 이것은 지옥의 이미지가 아닙니다. 모두 타버린 다음의 시간이 올 거야. 그런 것을 우리는 미래라고 부를 거야. 타고 남은 것이 재라는 생각, 이것은 산 사람의 마음 산 사람의 상상력 산 사람의 믿음. 믿음은 아무것도 아니다. 내가 남긴 팬케이크 조각을 모두 더하면 아주 노릇하고 달콤하고 아름다운 동그라미가 될 거야. 손님의 마음으로 밀면 문은 언제고 가볍게 열린다. 공을 던지면 너는 공을 따라서, 발이 기억하는 지면이 없는 것 같은 깨끗한 동작으로 달려간다.

물기둥

어쩜 이렇게 생겼을까
이상한 이마 신기한 눈썹 말도 안 되는 입술
인간은 사랑하는 이목구비를 도무지 이해할 수 없다

이런 것을 내가 만들다니
그런 마음으로는
신은 아무리 노력해도 인간을 사랑할 수가 없는 것이다

손님은 누군가 꽃을 그렸더니 나비가 날아왔다는 이야
기를 들려주었다
정말 살아 있는 것처럼 생명을 불어넣은 것처럼

시선은 사물의 표면을 미끄러지면서 간다* 우리보다
빨리
발도 없고 날개도 없는 것처럼 더 미끄러운 피부만이
필요한 것처럼

천사의 뼈와 살도 담길 피부가 필요하겠지

손님들은 물컵을 놓고 작은 식탁에 둘러앉는다
물속을 훤히 들여다보면서
눈은 자신이 컵의 표면에서 미끄러지는 중이라고 느
낀다

물은 무엇이든 될 수 있는 것처럼 보였어
그리고 물에게는 정말 컵이 필요해 보였지

너는 식탁에 북슬북슬한 턱을 괴고 나를 본다
쟤 가끔 자기가 사람이라고 생각하는 것 같다니까요,
곧 말도 할 것 같지 않아요?
손님들은 와르르 웃는다

네가 하하하 소리 내 웃는 악몽을 꿨어
하얀 털로 뒤덮인 턱을 젖히고 목젖을 흔들면서
네발로 걸으면서

던진 공이 돌아오지 않는다
한밤의 검고 매끈한 수면은 강변 농구 코트의 우레탄

바닥과 혼동된다

밤마다 천사들은 바쁘게 날아다니고
매일 부숴야 할 것이 참 많구나

천사의 도끼는 얼마나 무겁고 날카로운지
어렵게 부서지는 물질은 천사의 의욕을 고취시킨다

밤이면 날갯죽지를 근육통에 시달리게 하고
아침이면 싱크대 밑에서 쉬고 있는 도끼 한 자루
도끼날은 세계의 빛을 다 모아둔 모서리처럼
세계의 모서리를 모두 찾아내 낱낱이 번쩍이게 할 것
처럼 빛난다

도끼 아래에서 부서지는 밤은 보시기에 낮과 다르지
않았다

아침은 밝아온다고 쓰는 것이 문법에 맞다
어떻게 하루가 온다 해도

표면이란 시선에 주어지는 것이고 우리는 옷을 뒤집을
수 있다**

　* "그러나 결국 우리는 표피를 매끄럽게 스쳐 나아갈 뿐이다"(버지
　　니아 울프, 『런던 거리 헤매기』, 이미애 옮김, 민음사, 2019).
　** 에마뉘엘 레비나스, 『전체성과 무한』, 김도형·문성원·손영창 옮
　　김, 그린비, 2018.

2부

그것이 선인 것처럼

서로의 반대편에서 출발해
같은 수평선을 마주 보면서 그것을 향해 움직인다면
수평선에서 만날 수 있을까?*

걷는 동안 함께 눈앞에 둘 선 하나가 있다는 게 중요할
지도 몰라
우리는 미술관을 나와 나란히 걸었다

풍경 속에서는 사람과 건물이 계속 발생하고 있다
이 도시에는 우리 모두가 바라볼 수 있는 수평선 하나,
지평선 하나 없구나

우리가 하나의 선을 향해 걸을 수는 없었다
부딪히고 돌아오는 시선의 이마에 맞은편의 부스러기
가 묻어 있다
우리는 은행과 호빵, 군밤과 고기가 익는 냄새가 뒤엉
킨 길을 걷는다

이제 정말 겨울이 오나 봐

나는 마음보다 먼저 구워지는 냄새를 맡는다 그러면
마음 없이도 먹고 싶어지는 몸이 있다

마음은 익지도 않고
날것의 마음이 검붉은 액체를 뚝뚝 흘리며 뭉그러지고
있다는 생각과
익히지 않은 싱싱한 마음이 초록색으로 누워 있다는
생각이
나란히 걷고 있다

머리 위에서 가로등 불빛이 환해지고
왼쪽 오른쪽 골목에서 헤드라이트 불빛이 튀어나와도
어둠이 오는 방향은 볼 수 없고 알 수 없지
언덕 위에서 놓친 계란 한 알처럼 시간은 매일 같은 방
향으로 구른다

움직임 자체를 멈출 수는 없습니다
깨진 저녁에서 아침이 흘러내린다

오늘은 날씨가 정말 좋구나
이런 날씨를 마주 본다면 우리는 눈을 감게 될 거야
눈을 감아도 검붉은 날씨를 보게 될 거야
우리의 눈꺼풀을 견딜 수 없게 될 거야

어둑한 방에서 창문은 미술관 벽에 걸린 흰 단색화처럼 보인다
인간은 수평선에 대한 동경 때문에 추상화를 그리기 시작했다는 말을 들은 적이 있다

창문을 등지고 얼굴을 잃어버린 사람과
창문을 마주 보고 시선을 잃어버린 사람이
마주 앉아 신년 운세를 읽는다

어떤 운도 너를 해치지 못할 거야**
여기가 꿈속이라고 말한다면 너는 무엇이든 믿어버리겠지

 * 프란시스 알리스, 「Don't Cross the Bridge Before You Get to the River」(2008)를 보고.

** "벤지가 운 걱정할 필요가 뭐가 있다고? 운이 쟤를 해코지하지도 못하는데"(윌리엄 포크너, 『소리와 분노』, 공진호 옮김, 문학동네, 2013).

글라스 하우스*

눈동자는 눈앞의 풍경을 비추고 연인의 눈동자는 등 뒤의 풍경을 비춘다 여름 숲에서 연인의 눈 속은 유리창 너머의 실내처럼 무성한 나뭇잎 사이 한 줌의 어둠으로만 보인다

인간의 불안은 벽 때문일지도 모른다고, 옆에서 발생하는 풍경의 모든 순간을 볼 수 있다면 불안하지 않을 거라고 치과에서도 눈을 감지 못하는 그의 연인은 말했다

그는 여름 내내 일렁이는 나뭇잎 그림자만 보다가 유리로 된 집을 지었다 그 집은 벽 대신 네 개의 커다란 창을 가졌다 눈동자의 실내 같은 그 집에서는 안팎이 사라지고 옆만 남았다 두 사람은 유리의 옆이 되어 포개진 풍경이 모두 같은 질감으로 요약되는 세계를 어루만졌다

유리에 부드럽게 흘러넘치는 오후의 햇빛은 우리의 얼굴처럼, 나뭇잎처럼, 이불처럼 매끄럽고 차갑네
보이는 모든 걸 만질 수 있다면 보이는 대로 믿게 되겠지

그런데 왜 왼손이 쥔 옆의 손은 오른손이 만지고 있는 눈앞의 손과 다를까

믿음을 넘치는 온도가 두 사람의 손안에 가득 차 있다
그러나 믿음을 넘치는 것을 가장 믿는 것으로 만들어버리고 마는 어린 마음

눈빛은 사물의 뒷면을 깨면서 나아간다 연인의 눈빛은 피부를 투명하게 만든다 나란히 침대에 누워 자욱하게 천장을 떠다니는 사물의 뼛가루를 헤아리며 어린 마음은 부서질 수 없는 뼈를 가진 사람처럼 두려움 없이 웃는다

이제 우리는 너무 가까워서 서로의 눈에 비친 풍경으로만 어디에 있는지를 짐작할 수 있네
눈동자에 비친 붉은빛 위로 같은 붉은빛의 눈동자가 포개지고 있어
투명한 피부의 연인을 안으면 팔이 녹았다

불타는 숲을 비추는 유리는 얼린 불꽃처럼 펑펑 깨졌다

차갑고 매끄러운 불꽃이 찬란하게 쏟아진다

큰 숲과 숲의 모든 것이 불탄 여름이었다
잿더미 사이를 걸으며 흩날리다 더 깊은 데로 가라앉
는 검은 잎들을 본다

미래 바깥에서 어린 마음이 낡고 있다
어린 마음은 무성한 유리 조각 속에서 자꾸 태어나는
것처럼 누워 있다

* 미국 건축가 필립 존슨이 설계한 사면이 유리로 된 주택. 그는 반세
기 동안 파트너 데이비드 휘트니와 함께 많은 시간을 보낸 이 집에
서 숨을 거뒀다.

중력과 은총*

깃털을 베고 잠이 들었다가 깃털이 옮겨 붙은 채로 걸
었다

여름 바닷가였다
너는 개를 싫어하는 개를 한 마리 데리고 왔다
기다리라고 말했다

흰 발등을 가진 사람들이 오가는 해변은 검은 발자국
으로 자욱했다
돌아보는 얼굴과 흔들리는 꼬리로 가득한 해변에서
발이 없는 것처럼 기다리는 그런 개를 두고 걸었다

기다리는 개의 마음은 다른 개들을 쉽게 지운다
너의 개는 한여름 광안리에서도 유일한 개가 되어 엎
드릴 수 있다

너무 큰 날개 때문에 제대로 걸을 수 없는 천사 이야기
를 알아?
걸음마다 모래에 빠진 발을 꺼내면서

나란히 비틀대던 네가 물었다

신발 끝에서 모래가 흩어진다
모래에 섞인 것들이 해변의 불빛을 쪼개고 있다
수평선 근처에서 터지다 만 불꽃들은 달빛과 뒤엉키고
있다

바닷가에선 싸구려 불꽃도 이상하게 아름다워
사진으로 본 아름다운 것들은 다 잊자

기다리는 것이 오리라는 것을 그 개는 알고 있는 것
같다
그것은 세상의 아름다움이 아닌 것 같다

보도블록이 발자국을 지우고 있다
개는 꼬리를 흔든다

병 조각이며 마른 밥알, 깃털이 섞인 모래알이
잔뜩 따라붙은 날개의 천사가 똑바로 걷고 있다

잠에서는 깃털 하나하나가 새라도 된 것처럼 날아다
녔다

* 시몬 베유.

거울과 창

이렇게 비가 오다니 정말 여름인가 봐

창문을 열면 실내로 들이치는 빗방울은 차갑고 축축
하다
온도와 촉감의 속도
피부는 마음보다 생생하게 살아 있는 것 같다

오늘 아침엔 처음으로 오래 살고 싶다는 생각을 했어
저녁엔 뭐 먹을까
메시지를 보내며 집을 나선다

돌로 만들었다는 종이* 위에 먼 곳의 바다와 커다란 돌
사진이 인쇄되는 것을 본다 이 종이는 돌가루로 만들어
방수성과 내수성이 탁월합니다 매끈한 돌 같은 표면 감
촉을 가졌습니다 희고 평평한 돌 위에 반짝이는 수평선
이 새겨진다

모든 풍경은 점의 집합일 뿐이다
점과 점 사이로 언제든 무엇이든 추락할 수 있다

요즘 내 삶은 정전이 끝나지 않는 것 같아
버스 앞자리의 여자가 전화기에 대고 말할 때
사거리 전광판에는 전기가 없는 마을의 고요하고 소박
한 삶에 대한 다큐멘터리가 상영되고 있다

쌓인 장작 위에서 피어난 자그마한 불이 자라는 것
장작불 위에서 끓는 수프의 표면에 어른거리는 달빛
식탁 위의 촛불은 김이 피어오르는 것을 비추고
둘러앉은 사람들의 뽀얗게 흐려진 얼굴

거리의 사람들은 그 이미지가 아름답다고 느낀다
느낌을 생각으로 막을 수 없다

창문에 맺힌 빗방울은 비와 닮지 않았다
유리에 맺힌 물방울을 관찰하는 동안 폭우가 쏟아지는
날씨는 없다
흔들리고 깜빡이는 물방울들이 있다
작은 불씨처럼 반짝이는 물방울의 이미지를 본다

건너편 초등학교에서 쏟아져 나온 아이들은 철벅 철벅 물웅덩이를 뛰어다니며 돌 던지기에 열중한다
그 애들이 던진 돌은 순식간에 회색 수면 아래로 사라진다

너는 눈가에 매달린 채로 계속 커지기만 하는 눈물방울 때문에 곤욕을 치른 우주비행사 이야기를 들려주었다

가방에서 포스터 한 장이 떨어진다
그것은 얇고 가벼우며 정확히 직각을 이루는 네 개의 모서리를 가진 돌이다
물웅덩이 위에 가늘게 빛나는 수평선을 가진 돌이 떠 있다

사람들은 휴대폰 플래시를 켜 들고 정전된 도시를 걷는다
서로를 마주 보기엔 너무 눈부신 밤이어서 우리 모두는 바닥만 보고 걸어야 했다

캄캄하게 젖은 아스팔트의 수면을 우리가 만든 빛들이
떠다니고 있다

* 미네랄 페이퍼: 돌($CaCO_3$, 탄산칼슘)을 주원료로 하여 환경친화적
제조 공정을 통해 만들어지는 비목재Tree‒Free 종이로서 우수한
인쇄적성, 방수성, 높은 내구성 등의 장점을 지니고 있다. 스톤 페이
퍼Stone Paper라고도 불리는 이 종이는 1998년 TLMT에 의해 세계
최초로 개발되었으며 부단한 품질 향상을 거쳐 상업 인쇄, 문구, 출
판, 지도, 포장 등 여러 분야에서 다양한 용도로 사용되고 있다.

환송

검은 물의 표면을 보면서 검은 물을 들고 걷고 있었다 밤도 아닌데 검은 물이 가득한 유리컵을 들고 넘어지기 위해 걷는 사람처럼 걷고 있었고 넘어지다 가끔 걷는 사람처럼 넘어지고 있었다 무릎의 형태가 자꾸 흩어지고 찌그러지는 동안 물의 표면은 작게 일렁일 뿐 여전히 검고 깨끗했다

물의 색은 물의 맞은편에 있다고 했지만 검은 물은 한낮에도 여전한 어둠으로 남아 있다 빛들을 받아내면서, 빛들을 집어삼키면서, 빛들을 가두면서, 빛들을 절단하면서 낮의 모든 것을 빛으로부터 지키고 있다 빛들은 검은 물에 화분 속 식물처럼 꽂혀 있다

마주 보던 얼굴을 겹쳐 보기 위해서 인간은 유리를 만든 것 같아
안에 있는 사람은 여기가 밖이라고 생각하고 밖에 있는 사람은 여기가 안이라고 생각하는 동안
어떤 사람은 안팎을 혼동하고 싶고 어떤 사람은 세상 모든 것에게 모양을 주고 싶어 하니까

나는 작아지지 않고도 다 빠질 수 있을 것 같아

컵 속의 물을 젓는다 작게 일렁이는 물을 본다 숟가락
이 바닥에 부딪히며 내는 소리를 듣는다 물에 빠진 각설
탕은 왜 컵의 바닥에서 녹고 있을까 물속을 떠다니던 찻
잎들은 가라앉아 닿는 곳을 바닥이라고 믿는다 믿으면서
컵의 바닥 위로 서로를 포갠다

물의 깊이를 가늠할 수 있습니까 컵의 바닥이 정말 물
의 바닥이라고 할 수 있습니까 물뿐인 세계에도 바닥이
란 게 있겠습니까

물의 형태는 순간 속에만 있고 순간을 떠난 물에게는
사라질 수 있는 몸도 없겠지 무한대의 시간 속에 무의 형
태로 있다면

행운과 번영의 별인 목성이 들어와 있어요. 이 별이 주
는 축복을 누리기 위해서는 영혼을 깨끗하게……

아침에는 별자리 운세를 읽고 정성껏 유리컵을 씻었다 영혼에도 형태가 없고 시간이 없을까 손을 닦고 다시 걷기 시작했다 걸어도 걸어도 넘어지지 않는다는 걸 알았을 때

올려다본 곳에는 온통 새카만, 물의 표면이 있었다

둥글고 깨끗한 무릎에게 세상 빛을 다 쬐어주고 싶은 마음이
끝나지 않는 시간을 빌려 오고 있다

얼굴의 미래

우리는 풍등을 날리고 소원을 빌었다
공중에서 잠시 정지했다 커지던 불빛이 멀어지는 것을
봤다

정말 좋은 징조일 거야
다녀오면 새집을 찾아보자

올해는 아주 먼 곳으로 휴가를 가기로 했다

오래된 집들이 있던 강가에 새로 지은 아파트를 구경
하러 갔던 적이 있어 엘리베이터를 타면 발이 땅에 붙어
있다는 실감이 멀어졌지 네모반듯한 모서리와 파란색 테
이프가 붙은 새시 탁 트인 전망을 가졌다는 창 너머로 흙
먼지가 이는 붉은 언덕이 펼쳐져 있었어 포클레인과 부
서진 액자 조각들 버려진 우산과 짝을 잃은 신발들

우리는 한 단어를 초과하고 싶지 않다
주민센터나 은행 앞에서도

우리는 매일 같은 집으로 돌아갑니다 우리는 같은 햇빛에게 얻어맞으며 깨는 아침 우리는 아침 빛에 왼쪽을 맞으면 오른쪽을 내어주는 뺨 그 빛 아래에서 몰랐던 털의 존재를 알려주는 얼굴 같은 습도로 눅눅한 티셔츠 단어를 흘러넘치는 우리는

그릇은 물에 담길 수 있다 물이 그릇에 담기듯이
가족당 한 부의 신청서만 작성하면 됩니다. ("가족"이란 같은 가정에서 함께 살고 있으며······)

조금 더 무거워진 가방과 두 사람이 들어서는 하나의 문
이것은 휴가의 끝에 대해 종이 한 장과 두 사람이 떠올릴 수 있는 유일한 장면

해운대구에서는 풍등 판매와 날리기를 금지했습니다
야생동물에게 심각한 위험이 되기 때문입니다
자막 위로 까맣게 그을린 갈매기가 해변에 누워 있는 장면이 지나간다

손끝에 묻은 검은 가루는 새에 비해 너무 부드럽고 가
볍다

가족

「명사」 혈연, 결혼 여부, 젠더, 성적 지향 등에 구애받지 않고 함께 살아
가고자 하는 당사자 간의 의사에 따라 맺을 수 있는 공동체. 법의 보호
와 지원을 받는다. 신혼부부 전세자금대출, 공공주택, 마일리지 합산,
법적 보호자와 상속자. 이런 단어들 사이에서 얼굴의 미래를 헤아려
볼, 모든 사람에게 차별 없이 주어지는 시간의 이름.

파수

문을 열어놓고 나와. 무언가 사라지는 일보다 무언가 들어오는 일이 중요하다면. 사라진 것보다 들어온 것을 소중하게 여길 준비가 되어 있다면.

나는 작은 개의 목줄을 잡고 너는 네 어린이의 손을 잡고 각각 걸었어. 풍경이 사람보다 오래 산다는 건 옛날 말이지. 건물의 유리 외벽은 매끈하고 떨어질 부스러기가 없네. 무너질 수 있어도 바스러질 수는 없다는 듯이.

우리는 커튼월이 가로수처럼 늘어선 거리를 걸었어. 왼쪽 오른쪽이 뒤집힌 우리의 모습이 우리를 따라 걷고 있어. 너와 나는 건물의 그림자 속에, 개와 어린이는 햇빛 속에 푹 잠겨 있고. 좌우로 흔들리는 흰 꼬리는 영험하게 빛나고.

조그만 신과 거대한 그림자 같지 않아? 나의 조그만 신은 천국 대신 구원 대신 잘 지은 건축물로써 지옥의 내부를 보여주었지. 커다랗고 깨끗한 창문을 가진. 아름다운 불타는 정원을 가진. 실내에 있으면 누구나 들어온 문과 다른 문으로 나갈 수 있다고 믿게 되는.

　나는 흔들의자에 앉아 정원의 불이 어른거리는 창문을
보고 있었어. 어디에서도 본 적 없는 끝내주는 노을이야.
정말 타오르는 하늘이란 타오르는 것 같다는 비유를 단
숨에 넘어서는군. 타오르는 불은 의지와 관계없이 바라
보게 된다는 것을 알아? 불나는 꿈이 엄청난 길몽이라는
거 알아? 불만큼 빠르고 커다랗게 자랄 수 있는 것도 없
는 법이니까.

　갓 태어난 사람의 울음을 어떻게 달래겠니? 다음이라
는 말이 없다면. 다음이라는 시간이 없는 세계에 사는 사
람이 있다면. 나중도 없고 순서도 없고 모든 것이 도무지
지금일 수밖에 없다면. 언제나 도착한 상태라면.

　도착할 때까지 움직일 수 있다면 거리에 무슨 의미가
있겠니? 얼굴은 점점 좁아진다. 우리는 눈 속에 서로의
미간만 가득하던 때로부터 멀어진다.

일요일에는 불타는 아름다운 정원에 둘러앉아 아끼는 접시를 꺼낸다. 손님을 부르고 하얀 떡과 감자를 굽는다. 그래도 불은 참 따뜻하구나, 불을 뒤적이면서. 붉게 일렁이는 불을 바라보면서. 허옇게 김이 서리는 서로의 얼굴을 마주하면서. 허연 대낮에 타오르는 모닥불 앞에 앉아서. 불에게도 그림자가 있다는 사실을 알아채면서. 타오르는 불의 그림자는 물그림자와 구분하기 어렵구나 생각하면서.

당신은 산의 부스러기를 여기까지 가져왔군요.
방금 산에서 내려온 손님의 신발에서 흙과 돌과 낙엽 조각이 떨어진다.

천천히 무너지는 산을 보고 있으면 산이 가까워지고 있다는 생각이 든다.

장소성

무너질 땅처럼 보이지는 않았습니다. 호수는 단단히 얼어 있었습니다. 방을 만들고 싶다는 생각이 들었습니다. 열거나 닫을 수 있는 작은 문을 만들고, 그것을 가볍게 밀면서, 언제든 나갈 수 있고 들어올 수 있다면……이 생각에서 막 나왔을 때 중간 크기의 개 한 마리가 밖으로 나갈 길을 찾느라 곤욕을 치르고 있는 것을 보았습니다. 종을 알 수 없는 낯선 생김새의 개였습니다. 몸집에 비해 머리가 작고, 귀는 커다랗고, 꼬리털은 몹시 길어 개가 곤란을 느낄 때마다 심하게 바닥에 끌리고 있었습니다. 그래도 꼬리가 조금도 젖지 않았다고 말씀드리면, 이 땅이 얼마나 견고하게 얼어 있는지 짐작하실 수 있겠지요? 집 안에 새가 들어온 적이 있습니까? 새에게 그곳은 허공이 아니라 투명한 유리로 막힌 벽이라는 것을 어떻게 설명할 수 있었습니까? 그 개는 인간 가까이에서 인간과 유사한 방식으로 시간을 보내본 적이 한 번도 없는 것처럼, 인간과 유사한 응시를 배운 적이 없는 것처럼 유리의 존재를 알아채지 못했습니다. 네, 물론 제가 알기로도 개는 그런 동물이 아닙니다. 그러나 개는 제자리를 뱅뱅 돌고, 다시 앞으로 걷고, 투명한 벽에 머리를 박고, 잠시 비틀거리다 이내 다시 일어서서 같은 일을 반복했습니다. 문을 열어주어도 소용없었습니다. 문으로 나갔다 들어오는 시늉도, 문을 여닫는 시늉도 해보았지만 개는 끝없이 바깥을 보며 걷거나 낑낑댈 뿐이었습니다. 개의 응시를 따라가보았지만 별다른 풍경이랄 것도, 생명체라고 할 만한 것도 없었습니다. 아니요, 제게 원하는 풍경 같은 것은 없습니다. 저는 보이는 것을 볼 뿐입니다. 모든 것이 이곳을 방으로 만들고 싶다고 생각했기 때문인지도 모릅니다. 열리고 닫히는 문이면 충분하다고, 공간이란 것은 언제나 문으로 열리고 닫히고, 완결되지 않은 채로 남는 것이 좋다고 생각했기 때문인지도 모릅니다. 인간의 생각을 버릴 수 없습니다. 하지만 우리가 어디로든 가야 한다면, 저 개를 여기서 내보내야 하는데 방법이 없다면, 문을 모르는 생각이 있다면…… 방법은 땅을 옮기는 것밖에는 없지 않겠습니까. 저는 인간답게 일단 자고 일어나서 생각하기로 했습니다. 자리에 누워 눈을 감습니다. 자는 동안 개가 유리를 배웠으면 좋겠다는 생각, 문의 존재를 눈치챘으면 좋겠다는 생각, 나도 유리라는 물성을 잊고 투명을 허공과 혼동하면서 저 녀석과 함께 헤매고 다니는 편이 낫겠다는 생각…… 생각이 꼬리에 꼬리를 물어 쉽게 잠이 오질 않습니다. 개의 꼬리는 얼음 표면을 아무리 쏠고 다녀도 젖지 않습니다. 호수는 꽝꽝 얼어 있습니다. 여전히 무너질 땅처럼 보이지는 않습니다. 정말이지 변덕을 부릴 자연처럼 보이지는 않습니다.

생물성

인간은 사물이 스스로 움직이는 것만으로 애정을 느
낀대

비행기에서 본 도시는 강과 바다가, 광장과 공원이 서
로를 지나치게 닮아 있었어
늙거나 젊은 사람 여자이거나 남자인 사람 개와 고양
이가 모두 같은 점으로 요약되고

볼 때마다 신기해, 여기서 보면 모든 게 가짜 같아
비행기 창문으로 본 풍경을 실감하는 건 너무 비인간
적인 일이 아닐까
너는 창문에 이마를 꼭 붙인 채로 말하지

집에서 기다리는 친구가 있어 그 애는 유난히 눈이
예뻐
그 애의 구슬처럼 투명한 눈동자를 사랑해

현관문을 열면 반가운 눈치를 보내는 그 애는 다른 어
떤 개나 고양이와도

아니면 새나 도마뱀과도 도무지 닮은 데가 없고
마주 본 두 눈은 살아서 슬퍼하고 살아서 기뻐하고 아
침이면 눈곱을 떼어줘야 할 것 같았는데

어제는 조류관에서 아주 많은 새를 봤어
조그맣고 단단한 부리 위의 두 눈은 유리구슬 같았지
새의 마음 대신 내 얼굴만 비치는 투명한 표면이 무서
웠어

"우리는 물리적 공간에서 자율적으로 보이는 움직이
는 것들에게 의도와 삶을 투영하게끔 생물학적으로 타고
났습니다"*

그리고 이름을 가진 로봇 청소기가 많다는 이야기를
들었어

사랑하는 것들은 유독 살아 있는 것 같고
우리는 살아 있는 것 중 무언가와 사랑에 빠지게 되네
둘 중 무엇이 먼저 벌어지는 일일까

어느 날 아빠는 돌 하나를 데리고 집에 오셨어

매일 해가 좋은 오후에 물을 흠뻑 먹여야 한다고 돌은

물과 햇빛을 매우 좋아한다고

기쁨으로 반들거리는 돌의 얼굴을 보고 싶지 않으냐고

냄새로 친구와 적을 구분하고 냄새로 사랑할지 말지를

결정하고 오직 네 가지 색만을 구분할 수 있는 얼굴에도

유일하게 두 개인 건 왜 눈이겠니

말랑한 촉감과 물컹해지는 마음 사이에서

물러터져가는 시간에

아무리 봐도 움직이지 않는 돌 위로

오후의 햇빛이 돌의 능선을 돌아 걸으며 빛나고 있다

* 케이트 달링, TED 강연 「우리가 로봇에게 감정을 갖는 이유」.

투명성

매뉴얼

작업 지시서에는 나무의 가슴에 보디캠을 장착하라고 씌어져 있었습니다. 그게 어디쯤이지? 나무에 올라본 적도, 나무에 기대서본 적도, 나무를 껴안아본 적도 있지만 나무를 안았을 때의 기억을 더듬어봐도, 두 팔에 가득 차던 나무의 양감을 떠올려봐도 나무의 가슴이 어디쯤인지는 알 수 없었습니다. 나무의 몸에 대해서는 별로 생각해본 적이 없습니다. 버드나무 잎이 손을 흔드는 봄, 땡볕에서 도망칠 그늘을 제공하는 나무에 대한 이야기를 읽은 적이 있지만 손이 달렸다거나 무엇을 내어준다고 해서 그것을 몸이라고 생각한 적은 없는 것 같습니다. 온몸으로 움직이는 나무는 죽은 것처럼 보이는 법입니다. 더 많이, 더 크게 움직일수록 그렇습니다. 뛰고 구르고 먼지를 일으키고 땀 흘리며 징그럽도록 살아 있는 몸. 당신이 아는 몸, 당신이 겪어본 몸, 당신이 가져본 몸. 이 이미지를 떠나야 보일 겁니다.

기록 보관소[*]

마을에서 몇 세기를 보낸 나무가 아주 먼 곳으로 떠

난 날이었지요. 우리 어머니의 아버지, 아버지의 어머니, 그 어머니의 어머니, 어쩌면 더 오래전에 죽은 가족들까지 모두 그 나무를 기억하고 있었습니다. 나무를 옮기기 위한 준비는 몇 달 동안 계속되었어요. 나무는 바다 건너 멀리 외국의 정원으로 가게 될 거라고 했습니다. 이렇게 아름답고 훌륭한 나무만 모아온 사람의 정원이라고요. 나무는 거기서 오래오래 행복하게 살 것이라고 했습니다. 그 정원에서는 나무의 몸에 핀 이끼 한 점도 허투루 관리되는 법이 없다고 했지요. 이 나무를 위한 완벽한 배치가 마련되어 있다고, 정원의 주인보다 오래 살 나무의 미래까지 고려한 자리라고 했습니다. 그곳의 나무들은 영원에 둘러싸인 것처럼 보일 거라고요. 나무가 지나갈 수 있는 너비의 길을 만들기 위해 온 동네의 가로수란 가로수는 모두 베어야 했습니다. 우리는 커다란 수레에 실려 천천히 움직이는 나무를 따라갔지요. 몇몇 사람은 성호를 긋거나 눈물을 훔치기도 했습니다. 지역신문에는 "아름다움의 빈자리를 메우던 거대한 몸이 사라졌다"라는 제목으로 기사가 실렸지요. 하지만 저는 그때 나무의 몸 없음을 실감하고 있었습니다. 나무가 우는 것처럼 보였다는 문장도 있었지만 나무의 어디에서 눈물이 흐른다는 것인지 짐작조차 할 수 없었습니다. 그것은 산 몸이 아닌 것 같았으니까요. 과연 나무는 벌써 영원에 둘러싸인 것처럼 보였습니다. 영원한 이미지처럼요.

휴가 일기

자연을 위한 최소한의 건축, 숲을 바라보기 위한 건물. 원래 있었던 것처럼, 스스로 생겨난 것처럼 자연스럽게 자연처럼 존재하는 건물. 우리는 그 건물에 머물렀다. 창가에 놓인 욕조에 몸을 담그고 흔들리는 나뭇잎을, 매끄러운 나뭇잎에 반사되어 물처럼 일렁이는 달빛을 봤다. 침대에 누워 비를 맞아 더욱 선명한 색으로 넘치는 나무의 초록을, 보는 것만으로도 흙냄새가 짙게 나는 것 같은 나무껍질의 암갈색을 봤다. 안락의자에 앉아 호수에 비친 나무들을, 위아래가 뒤집혀 잎으로 몸을 지탱하는 것 같은 나무들을, 물결과 같은 방향으로 흔들리는 잎사귀를 봤다. 창밖을 찍은 사진 밑에 나무도 우리를 보는 것 같았다는 글귀를 남기려 했지만 잘 되지 않았다. 나무의 아름다움을 오래 생각할수록, 나무의 아름다운 몸을 봐

야지 나무의 아름다운 몸을 지켜줘야지 생각하고 보면,
우리 앞에는 텅텅 빈 투명한 풍경이 있다.

   * 이 장면은 영화「뿌리 없는 정원」(살로메 자시, 2021)을 생각하며
     썼다.

사물은 우리를 반대한다*

너희는 언제까지 마냥 사랑만 할 거니

사랑이 결실을 맺는다면 거기 열린 것은 뭘까
전화를 끊고 자동문을 통과한다
사랑에 열리는 것이 있다면 자꾸 열리는 문이나 있겠지

우리는 모르는 사랑의 모르는 열매의 모습을 구체적으
로 묘사할 수 있다

그것은 빛을 빌려 오기 좋은 매끈한 표면 빨갛고 작고
반짝이는 세 개의 동그라미 하나의 가지에서 뻗은 세 개
의 초록색 줄기에 열린

전광판 속의 사람들은 사랑의 열매를 달고 있다
그것은 작고 분명한 물성을 갖고 옷깃마다 있다

누구나 결국 새로운 것에 끌린다**
나는 백화점 현수막 앞을 지나 을지로까지 걷는다

을지로에는 불가능한 구체화가 없으니까
을지로에선 무엇이든 다 만들어져버리니까

모습 다음은 낙후
완성된 모습에는 낡아가는 일만 남아 있다

도시에는 미래 대신 재생이 필요하다고 한다
무엇이든 될 수 있는 쇠냄새 종이 냄새 플라스틱 냄새
나무 냄새
가득한 문 대신

깨끗하고 목적이 있는 풍경이
명료하게 의도가 있는 사물이

사물과 우리 사이에는 눈이 놓여 있다
우리는 서로를 간섭하는 시선을 멈출 수 없다

새롭게 무수한 창문들이 우리를 본다

우리는 모습도 없이 있었다

우리는 자꾸 새로워지느라 죽지도 못했다

이미지는 우리의 의지에 반하여 우리에게 주어진 것이

다***

세계는 형태를 무서워해서 줄줄 흘러내린다

우리는 무엇이든 될 수도 있었다

우리는 중구난방 사랑을 하며 있었다

새로운 창문들이 빼곡히 붙어 서서 연결을 거부한다

   * 피에르 마리 벤트르.

  ** 신세계 면세점 2019~2020년 겨울 광고 문구.

*** 조르주 디디 위베르만, 『색채 속을 걷는 사람』, 이나라 옮김, 현
    실문화A, 2019.

펼쳐지는 집

흰 선이 더러워지는 속도에 놀라게 되겠지.

흰 선만 밟으면서 건너는 거야, 이것이 오늘의 규칙이라면. 길을 걷고 길을 건너서 더 멀리 가는 사람이 이기는 게임이라면. 충분히 흰 선이, 새하얀 선이 없는 건널목 앞에서.

집은 완벽하게 보호받는다는 느낌을 주는 공간이어야 합니다

따뜻한 이불 속에서 아파트 광고 위로 지나가는 문구를 보고 있는 우리, 환한 방에서 눈을 뜨는 우리는 집을 가져본 적이 없는 것 같아. 이불은 너무 부드럽고 너무 깨끗하고 누구나 쉽게 베어버릴 수 있을 것 같아.

시간은 계속 도착하고 있고 미래는 끝없이 멀어지고 있다는 느낌. 우리가 망가지는 데엔 신이 필요하지 않다는 걸* 알려주면서.

섬을 산 사람은 섬 전체를 거대한 정원으로 만들고 싶어 했대. 여기서 식물들은 날씨를 마음껏 조율할 수 있는 것처럼 자라고 있네요. 하지만 아무리 거대한 정원도 세계보다 클 수는 없으니까요. 집과 정원을 뒤로하고 걷기 시작하는 사람은 말했어.

친구들은 이불 바깥에 살 거야. 모르는 길을 걷고 모퉁이를 돌아 모르는 얼굴을 마주치며. 미래의 친구들은 집이 아닌 곳을 떠올리기 위해 아주 많은 상상력이 필요하다면. 어디나 집이라고 느낄 수 있고 느낌에 믿음 같은 건 필요하지 않다는 걸 알게 된다면.

새하얀 선이, 충분히 흰 선이 없는 건널목 앞에서. 돌아서서. 나란히 진 사람들로 우리는. 손을 잡고 다시 집으로 돌아올 수 있었지.

입김들은 창문에서 모조리 부서지고 있네. 창문에 서린 김이 새하얗게 바깥을 차단하고 있네. 우리는 손가락으로 김 서린 창문에 낙서를 하고 세상은 우리가 그린 모양대로 보여.

이 추위가 지나면 문을 열고
부서진 입김들을 잘 묻어줘야지.

목적지 없이 걷는 일을 사람들은 산책이라고 부른다.
끝을 모르듯이 긴 산책을 해야지.

길들은 처음부터 충분히 어지러운 색이라 규칙 같은
건 필요 없다.

* 앨리스 우, 「반쪽의 이야기」, 2020.

얼마나 많은 아이가 먼지 속에서 비를 찾고 있는지*

무너진 다리를 오래 바라보았다
새벽 강가에 서서**

새파란 공기가 물과 우리를, 우리와 다리를, 거대한 콘크리트 덩어리와 더 거대한 물을 같은 푸른빛으로 물들이고 있었지 다리는 물을 빨아들이는 것처럼 무겁게 무겁게 잠겨 있었어 언니의 부드러운 뺨 위로 돋은 솜털이 같은 푸른빛으로 물들고 있는 것, 물기 없는 솜털이 미세하게 흔들리는 것, 물결이 다리 그림자가 사라진 환한 표면을 오가는 것, 오가는 물결이 부서진 다리 조각을 돌아가는 것을

해가 뜰 때까지 지켜보았지 오가는 물결이 뜨는 해를 운반할 때, 해가 떠내려갈 때 조각조각 부서진 아침이 어떻게 먼지와 닮게 되는지 물결이 조각낸 아침 하나가 사라질 때까지 얼마나 작은 시간이 필요한지 순간순간 생기고 사라지는 물에 갇힌 아침들을

아침 먹자

처음에 너는 정말 작고 부서질 것 같았지
살짝 안는 일조차 무서웠지
내가 본 어떤 단단하고 날카로운 것보다 무서웠어
새하얀 두부를 뒤집고 미역국을 데우면서 엄마는 말
했다

아침 먹자 반듯한 네 개의 모서리를 가진 두부에서 피
어나는 김을, 밥알의 반투명하고 매끈한 표면을 따라 흐
르는 아침 빛을 꼭꼭 씹으면서 국 표면을 떠다니는 동그
란 기름방울을 따라 흐르는 아침 빛을 휘저으면서

어젯밤에는 길 건너편 새 빌딩의 점등식을 지켜봤어
수만 개의 창문이 같은 조도로 일제히 밝아지는 것을 어
린나무들이 듬성듬성 늘어선 조경 위로 가루눈이 내리는
것을 세상에 닿은 눈이 사라지는 데 얼마나 작은 시간이
필요한지를

미래는 공간으로 열린다

맑은 겨울 오후에
교실의 애들은 모두 같은 창밖을 보고 있다

해가 비치는 방향을 오래 들여다보면 천천히 떠다니는
먼지와 가루처럼 날리는 눈을 분간할 수 없고 먼지들은
가볍게 가볍게 허공을 떠다니고 너무 가벼워서, 바람보
다 무거워질 수 없어서, 중력을 거스를 수밖에 없어서 영
영 땅에 도착하지 못할 것 같다

눈 오는 날에는 아무리 달려도 먼지가 나지 않지
운동장 표면을 깨끗하게 떠나가는 공을 쫓는 애들이
있고

우리는 각자가 지켜보던 먼지 한 톨을 끝까지 따라가
고 있다

* 「Too Many Kids Finding Rain in the Dust」, 니콜라스 자의 2011년
음반 『Space Is Only Noise』 수록곡.

** 이 장면은 영화 「벌새」(김보라, 2019)를 생각하며 썼다.

흰개

어디에나 해가 넘치는 오후였다 해가 넘치는 어디에서 해가 우리를 넘치고 그것이 우리를 지치게 했고 지친 우리의 이마 위로 넘치는 해가 빛났다

물결 위로 해가 넘치고 난간 위로 해가 넘치고 이것이 어떤 오후라도 넘치는 해 아래에서 물결은 빛나고 빛나는 물결은 아름답고 아름다운 빛나는 물결 너머 흰개의 엎드린 등은 희게 빛난다 그것은 곁에 두기에 곁을 주기에 좋은 빛이다

흰개는 나를 좋아하는 것 같은 흰개다 발등 위로 나를 좋아하는 흰개가 턱을 기댈 때 부드럽고 따뜻하고 축축한 것을 기댈 때 우리의 머리 위로 해가 쏟아지고 우리는 함께 빛나고

넘치는 해는 흰개의 검은 눈으로 넘치다 그 속으로 사라질 것이고 어둠이 내릴 것이고 빛나는 검은 눈 속에서 그 빛은 끝없이 넘치고 흐르고 그것은 모든 것이 어두워진 다음에도 계속될 빛이어서

넘치는 빛 속에서 일어나 발을 털었다 보얗게 이는 흙먼지도 발등 위 흰개의 흔적도 모두 반짝이는 것이었다

작고 약한 짐승의 놀라운 온기가 거기에 있다 언제라도 곁을 주기에 곁에 두기에 좋은 온기로 거기에 있다 흰개의 눈 속에서 그 비좁은 무한에서 모두가 믿을 수 없이 가까운 곁에서 믿을 수 없을 만큼의 온기를 느끼다 믿을 수밖에 없는 마음이 될 것이고 끝없는 처음으로 눈이 내릴 것이고 모든 눈송이가 빠짐없이 상냥할 것이고 우리는 상냥한 흰 눈을 나눠 맞으며 희게 빛나는 세계를 바라보겠지 바라보면서 갓 지은 흰밥을 나눠 먹겠지 그런 희고 빛나는 온기를 나눈다는 것

넘치는 빛 속에서 모두 빛나는 것이었고 눈이 부신 일이었다고 모든 것이 곁에서 일어난 눈부시게 빛나는 일이었다고 흰빛을 뜨면서 희게 빛나는 눈밭에서 더 흰빛으로 환해지는 흰개의 곁에서

3부

비결정적인 선*

우리에게 아주 어리고 작은 친구가 생겼다

무언가 사랑스럽다고 느낄 때 왜 미래를 선물하고 싶
어질까
　당연한 얼굴로 찾아오는 죽지 않는 미래
　자기 자신을 가장 무서워하면 되는 미래 같은 것

우리는 그 애를 볼 수 없을 때도 피부 너머로 만질 수
있었다 그 애는 자신의 팔다리가 움직이는 것을 무서워
한다 그 애는 명도만 있는 세계를 가졌다 색을 잃어버린
빛만 있는 세계다 그 세계는 무수한 더 흰 것과 덜 검은
것으로 이루어져 있어서

우리는 함께 눈을 보러 가기로 했다

밤새 기록적인 폭설이 내렸다 아침에 눈을 떴을 때 커
다란 유리창에는 흰 지평선이 생겨 있었다 눈은 유리의
일부를 하얀 면으로 채우고 있었다 어릴 때 봤던 개미집
관찰 교구 같아, 우리 중 하나가 말했고 파묻힌 식물의

가지는 지평선 아래에서 어지럽게 뻗은 채 무늬를 만들고 있었다

　이상하지 않니
　저 아름다움을 관찰하기 위해 우리는 아름다움으로부터 격리되어 있어

　문을 열면 어둠이 이동한다

　눈밭 위에서 우리는 덜 검은 것이라 불리기에 적당했다
　입고 온 하얀 스웨터를 부를 다른 말을 찾아야 했다

　새하얗다는 말을 나눠 가질 수는 없어
　우리는 흰 눈을 더럽히면서 자꾸 더 흰 눈을 향해 나아간다
　한 발 앞에는 언제나 더 흰 것이 있다

　새가 날아가면 흔들리는 나뭇가지
　위에서 쏟아지는 눈이 내는 소리를 듣는다

보드랍고 따뜻한 그 애의 뺨 위에서 눈은 딱딱한 사물처럼 보인다
몇 초 뒤면 투명하게 흩어지는

걷기에 괜찮으셨나요 저는 여기서 개 한 마리와 함께 10년을 살았습니다 이 녀석과 함께 걷는 동안 눈으로 뒤덮인 커다란 나무 밑에서 하얀 눈을 묻히고 돌아오는 검은 코를 보면서 삐죽삐죽 낮게 쌓인 눈을 밟으면서 흰빛 아래를 상상하게 되었지요 작은 열매나 말라붙은 도토리, 짐승들이 남긴 냄새 같은 것이요

저 차갑고 거대한 것이 다 녹아도 우리가 물에 잠기지 않는다니 참 신기하지요

젖은 성냥에는 불이 붙지 않는다
눈이 녹고 온 세상은 희지 않게 다만 젖어 있다

* 베르나르 브네, 「비결정적인 선」, 1979.

모든 사람 같은 빛*

겨울에는 옷의 무게까지 견뎌야 해
팔짱을 끼려던 팔을 슬며시 내려 손을 잡는다 커다란
오리털 점퍼 끝의 손은 너무 작고 가볍다

작은 것들이 모여서 큰 게 된다는 말은 너무 흔하고 흔
한 말은 작은 일들끼리 흔해빠질 때까지 모여서 이룬 일
어깨를 맞대고 붙어 서서 맞댄 어깨가 무성해지도록

빛을 생각하면 빛이 거기 있다

강 건너 아파트의 하나둘 환해지는 격자로부터 얼굴이
와르르 쏟아질 것 같다 얼어붙은 한강의 이편과 저편에
서 오리배 두 마리가 서로를 보고 있다

오리에게도 마음이 있다면 이 얼음은 모두 부서질 거야

지난 주말에도 광장에는 몇만 개의 불빛이 모였습니다
지워지는 사람들과 남는 빛들 사라지는 온기와 남는 불
들 사람들은 주말이면 오래된 궁전과 오래된 정원 오래

된 돌담 길을 따라 긷기도 한다 언제고 언제까지 이럴 건
지 모르겠습니다 유턴 차선에서 핸들을 꺾는 주름진 손
이 있다

시간을 견디며 점점 아름답게 완성되어가는 장소와
지금을 갉아먹으며 점점 더 미숙해지는 시간이 함께
늙고 있다

선생님 천국이 준비되셨습니까

아주 먼 일이라고 생각하는 사람과 바로 지금이라고
생각하는 사람이 나란히 신호를 기다리고 있다
두 손을 잡으면 너무 좁은 골목만 가득한

옷깃이 다른 옷깃을 파고들 때
찢어진 옷 사이로 젖은 빛들이 쏟아졌다

---

* 아녜스 바르다 감독의 「낭트의 자코」(1991)에서 어린 자크 드미가
  본 영화 중 하나.

애도 캠프

네가 없었으면 좋겠어
그렇게 생각한 아침에도
손을 뻗으면 허공에서는 손이 자라났다

그런 아침에도 이불을 떠나고

이것 좀 봐,
자꾸 옆을 돌아보며 걷게 될 때

손안에 들어와 갇히는 풍경이 많았다 손안의 세계를
움켜쥐고 걸었다 그것은 너무 가볍고 너무 작아서 작은
틈새로도 줄줄 흐르기 쉬워서 잡은 손에만 온 마음을 쏟
아야 했다

언제였더라 우리는 서울숲을 함께 걷고 있었지
뿔도 없이 동그랗고 작은 머리를 가진 사슴 한 마리가
우리를 쫓아왔어
녀석의 등을 쓰다듬으면 얇은 가죽 아래로 움직이는
가느다란 여러 개의 뼈가 느껴졌지

손가락에 닿는 손허리뼈를 어루만지며 걷는 동안

잘못 뭉친 눈송이처럼
손을 떠난 순간 바스러질 것 같던 그 등을 생각했다

러시아에서는 사슴을 만나면 죽거나 죽이거나, 둘 중
하나래

손목의 끝에 달린 것이 그냥 사라진다면 함께 길을 걷
기에 좋은 가볍고 따뜻한 손이 만들어질지도 모른다

잡은 손에만 온 마음을 쏟으며 옆을 돌아볼 수 없는 마
음으로 걷다가 앞으로만 향하는 눈빛으로 걷다가 손목
의 끝에 달린 것이 무엇인지는 중요하지 않다는 걸 알았
을 때

피 흘리는 사슴 한 마리가 도로에 누워 있었다

둘 중 하나는 나여야 했어

사슴을 껴안고 다시 걷기 시작했다 기도는 등 뒤의 길
을 지웠다
사슴의 굳어가는 몸이 풀을 쓰러뜨리고 있다 발보다
먼저 길을 만들고 있다 누운 풀 위로 발이 겹쳐지고 있다
사슴의 아직 따뜻한 피는 내 발자국으로 굳어간다

눈을 떴을 때 나는 바닷가 별장에 있었다
친구들이 모두 둘러앉자
바닷물이 집 안으로 들어오기 시작했다
꽉 잡아

손을 잡으면 손목의 끝에 매달린 인간의 무게는 분명
하고 묵직했다

전망대

우리는 빛 대신 꽃을 들고 만났다

오늘은 누군가 집어 던진 돌처럼
깨진 창문 안쪽에 놓여 있다

손안의 흰 꽃은 너무 희어서
다 타버린 빛과 같았다

어둠 속에서
창백한 무대조명 아래에서
빛을 내는 얼굴을 보면서
봄밤 흰 목련 같다고 생각한 적이 있어

꺼지지 않는 빛을 위해
새 건전지를 넣던 손으로
향을 피우고
올림픽공원을 걸었다

지는 꽃잎은 우리의 발밑에서 악취를 풍기며 문드러

지고
　목덜미에 붙어 흰빛으로 피부를 비춘다
　이것이 아름다움이라는 듯이

　거울이 없던 시절의 인간은 어땠을까 강물에 비친 일
렁이는 얼굴이라면 미워하지 않기도 쉬웠을까

　철문에 기대어 흔들리면서 한강 변을 달리는 무수한
헤드라이트 불빛을 본다 불빛과 겹치며 흔들리는 얼굴을
본다 불빛은 너무 많고 너무 작아서 도무지 사람으로는
느껴지지 않고

　여기는 멀리서 보면 아름다운 것들로 가득해
　손을 대면 아름다운 것이 자꾸 죽었다

　우리의 끝은 다 바스러졌다
　이런 식으로도 영원은 만들어진다

　누운 이불에서는 아늑하게 등이 배겼다

공원에서 모래를 잔뜩 묻히고 돌아와 잠든
작고 늙은 봄*의 곁처럼

빛을 들고 섰을 때 우린 다 늙어버린 것 같았지

꽃을 들고 선 우리는
몸통에 붙은 팔다리가 자기 것인 줄도 모르고 무서워서
몇 시간 전에 태어난 사람들 같았다

* 봄(가명): 어두운색의 빛나는 털을 가진 작은 개. 죽음 이후의 세계
  에서 가족이었던 동물과 다시 만나게 된다는 것이 사실이라면. 추우
  니까 먼저 도착하면 안에 들어가 있으라 당부하는 겨울 약속을, 실
  내에 가득한 훈기와 안락한 기다림을, 수증기 맺힌 유리창 너머로
  다가오는 얼굴을, 도착할 곁을 상상해본다. 겨우 이것만이 내가 보
  낼 수 있는 마음의 전부, 구체적으로 빌어볼 수 있는 안식의 전부인
  것 같다.

검은 개

세상 빛이 모두 이 거리에 쏟아지는 것 같은 날씨의 오후였다 사방에서 부서지는 햇빛 속에 검은 개가 기다리고 있다 기다리는 마음 말고는 모든 것을 투명하게 지우는 검은 개의 선명한 윤곽 안으로 거리의 빛이 모두 스며들고 있다 검은 개의 투명한 눈 너머 깊숙한 검은색 위로 세상 빛이 다 쏟아지는 거리의 풍경이 비치고 있다

검은 개는 모든 색을 단단하게 뭉친 검은색을 갖고 있다 검은 개는 세상 모든 빛을 다 흡수하는 검은색으로 등을 웅크리고 있다 검은 개는 하나의 마음 말고는 모든 것을 투명하게 지우는 검은색을 갖고 있다 검은 개는 흩어지지 않는 검은색으로 꼬리를 흔든다

검은 개의 단단한 이마를 어루만지는 사이 우리는 검은색의 내부에 들어와 있었다 우리는 검은색 안에서 걷고 또 걸었다 아무것도 보이지 않는 검은색 안에는 모든 것이 다 있었지만 모든 것은 다 투명해졌다 우리는 보이지 않는 것들을 쉽게 잊었다 이따금 잊힌 것들이 어깨를 스칠 때면 왼쪽 오른쪽으로 흔들리는 검은 개의 꼬리가

종아리에 닿는 것을 느끼며 자꾸 걸었다

　우리는 검은색이 어둠은 아니라는 것을 알았다 너무
많은 빛으로 가득해 한 치 앞도 보이지 않는 검은색 속을
끝도 없이 걸었다 우리는 검은 창밖 용접공의 손끝에서
피는 불꽃을 본 적이 있었다 그토록 반짝이는 빛은 전에
본 적이 없었다 그토록 또렷한 반짝임을 믿고 있었다 손,
하면 언제나 돌아오는 손이 있었다

　우리를 잇는 순간에 확 피어나는 불꽃 그것이 곁의 얼
굴을 비출 때 마침내 보이지 않는 것들을 완전히 잊게 되
었다 슬픔도 투명에 지나지 않았으므로 갓 태어난 사람
처럼 우리의 울음에는 슬픔이 없었다

　아무것도 보이지 않는 검은색 속에서 손을 뻗으면 잡
을 손이 있기도 했고 짚어줄 이마가 있기도 했다 곁의 얼
굴이 검은색을 분명하게 그어내며 반짝이고 있다

미래 공원의 사랑

눈은 먼 것을 보고 싶어 하네
하지 않으면 안 되는 일을 다루듯이

새 공원을 걸었어
이 공원을 만든 손길이 자연의 윤곽을 흔드네
　조경에는 역시 시간이 필요해, 맞아, 깨끗한 데크를 밟
고 빛나는 석조상을 돌아 걸으며 이것도 저것도 모두 세
상이 아니라 세상의 이미지인 것 같지 않아? 픽셀을 발
끝으로 헤아리며 걷고 있는 것 같지 않아? 이야기했었지

　인공 연못 위로 미끄러지는 햇빛, 색색의 튤립, 우리의
키와 엇비슷한 묘목들, 산책 중인 개들과 사람들
　종아리에 닿는 코의 축축함만이 이미지 바깥으로 넘치
던 기억

　공원에서 우리는 손때로 윤이 나는 얼굴을, 어떤 시간
을 만져본 적이 있는 것 같다
　느린 걸음으로 더듬더듬
　미래 공원을 산책하며

이제는 아름다움에 구원이 있다고 믿는 사람이고 싶지
않다

건너편 아파트와 엇비슷한 높이의 나무들
시간을 두르고 무성해진 자연은 데크와 인공 분수, 색
색의 튤립, 공원을 공원으로 만드는 것들을, 손길을 날카
롭게 도려내네

기울어진 길을 더듬어 내려가며
서로의 얼굴 위에서 기우는 해를 봐

반딧불이는 아주 깨끗한 곳에서만 산다고 하던데, 살
면서 가장 많은 반딧불이를 본 건 맨해튼 한복판의 공원
에서였어
배수로 옆에서 깜빡깜빡 점멸하며 떼를 이루던 조그만
푸른빛들

어떤 빛은 맹목을 작동시키네
깜빡이는 빛들을 보면 깨끗한 숨을 들이쉴 수 있어

이 공원에서 그런 빛의 부분이 되어본 적 있어
전기로 작동하는 작고 푸른 빛
어둠 속에서 우리는 반주도 없이 같은 노래를 불렀지

영원히 기억하겠다는 약속을 한 적이 있어
이제 그것이 너무 지키기 쉬운 약속이란 걸 알아버렸지

영원히 매끈한 얼굴
구원 없이도 그냥 있는 아름다움이
높은 창문에서 엎지른 물처럼 쏟아져

우리는 그것을 함께 덮어쓴 채로
일하고 산책하고 밥 먹고 사랑하며 시간을 보냈지

미래 올림픽공원
경기장을 따라 더듬더듬 원을 그리며 걷는 우리
이제 산책을 위해서만 여길 찾는구나, 살다 보니 참 별
일도 다 있지

서로의 얼굴을 보며 웃었어

세상을 만나면 세상의 이미지는 무너진다*

이 자리에는 먼지도 앉지 않네
이 이미지는 만나야 할 세상을 잃어버렸어요
우리는 이 이미지를 무너뜨릴 얼굴을 기다렸지요
가만히 놓여
아침에는 푸른빛으로, 오후에는 금빛으로
아름답게 빛날 수만은 없는 얼굴을

작게 점멸하는 푸른 불빛들
깨끗한 숨을 들이쉬고 뱉어

천국의 조경도 시간을 두르고
무성하게
천국을 만든 손길들을 오려내겠지

이 나이가 되면 무엇도 그렇게 먼 것으로 느껴지지 않

아요

경기장 주변을 도는 동안 천천히 이미지의 모서리가
무너지네
빛이 형태를 무너뜨린 사랑이
모서리가 무너진 이미지가 우리 안에서
영원히 구르고 있어

* 시오 앤서니, 「모든 곳에, 가득한 빛」, 2021.

환등기

개를 한 번도 본 적 없는 사람과 걷고 있었어. 개를 못 봤다고? 믿기 어렵겠지만 그는 개뿐만 아니라 사슴도, 양도, 새도, 고양이나 말도 본 적이 없다고 했지. 하지만 그는 개에 대해 아주 잘 알고 있다고 했다. 자신이 아는 모든 것을 통해 추측하자면 세상에 개만큼 아름다운 것은 아무것도 없다고. 개의 핵심은 그것이라고. 아름다움 그 자체라고.

그와 나는 들어본 적 없는 산기슭 작은 마을을 걷고 있었어. 무성한 털처럼 뒤덮인 덤불을 밟으며 햇빛 아래서 풀을 뜯고 있는 새하얗고 커다란 동물을, 멀고 아른거리는, 그러나 분명 개는 아닌 그것을 가리키며 그는 저기 개가 있다고, 드디어 개를 만났다고 말했지. 빛과의 경계를 모호하게 뭉개는 흰 털의 흔들림, 깊이를 가늠할 수 없는 새카만 눈동자, 엷은 붉은빛으로 물든 인중, 굳건한 네 다리…… 아름다워서 한눈에 알아볼 수밖에 없었다고.

저것은 내가 본 가장 아름다운 질료로 이루어진 생명

유령을 상상하면
악마를 그려내는 사람과 천사를 그려내는 사람이 있어

"쿠란에 따르면, 천사들은 의지가 없어서 불복종하거
나 선택할 능력이 없다"*

처음 보는 천사가 천사인 것
어떻게 알아봤어요?
너무 아름다웠기 때문에요
광배도, 새하얀 날개도 없었지만 그런 건 중요하지 않
았어요

천사에게는 의지가 없고
천사에게는 냄새가 없고
천국에서는 옷에 냄새가 배지 않고

산 사람들이 꾸민 납골당을 본 적이 있습니까
납골당에는 다양한 사양의 천국이 있지요
장미와 케이크와 맥주잔, 손톱만 한 크기의 안락의자

조그마한 영혼들이 앉아 마르는 법 없이 샘솟는 맥주를 마시지요

사랑은 유령의 이미지를 각자의 구체로 조각하네
기억하는 사람들이 천국을 설계하네

빛보다 이목구비가 도드라지는 얼굴
이제 너는 구체적인 이미지로 천사를 상상할 수 있을 거야

다시 상상해
나무 위의 천사
아니 나무 아래서 맥주 마시는 천사
풀을 뽑고 딸 열매와 남겨둘 열매를 고르는 천사
저녁 식탁에 곁들일 채소를 고르는 천사

헛것이 보일 때 그건 꼭 천사의 얼굴을 하고 있지 뭡니까
천사의 맹목적인 얼굴

아직도 뭐가 보여?

허깨비 같은 것

유령 같은 것

너무 아름다워서 한눈에 알아볼 수밖에 없었지요

이미지를 예언 삼지 않고

정말로 어떤 미래든 가능하다고 믿으면서

우리가 그린 헛것들

그림을 바꿔 들어도 같은 이름으로 부를 수 있을 거야

* 레자 네가레스타니, 『사이클로노피디아』, 윤원화 옮김, 미디어버스,
  2021.

얼굴의 물성

정말 사람 같아
잠든 개의 얼굴을 보던 우리 중 하나가 말했다

모두가 창밖 공작새의 아름다움에 감탄할 때
공작새는 끼요끼요 기괴한 목소리로 운다
사람들은 이것이 이 아름다운 순간을 부서뜨리고 있다
고 생각한다

우리 여기 똑같아
말하는 세 살의 작고
말캉한 새끼손가락은 인중에 꼭 들어맞고
우리의 얼굴은 인간으로서 서로를 닮는다

깜지*는 왜 인중 없어?
깜지는 강아지라서 그래
모든 강아지들은 천사래
캥거루 맛 사료를 먹는 천사
캥거루보다 작고 약한 앞발을 가진 천사
인간이 데려가는 곳에만 있는 천사야

객실과 객실 사이에서 강아지만큼 작은 인간이 커다랗
게 운다

나는 세상이 통째로 발등에 떨어진 것처럼 운다고 쓴다

그건 그냥 배가 고프다는 뜻

네게 조용하고 예쁘게 우는 방법 같은 건 절대로 가르
치지 않을 거야

그렇게 생각하는 사람의 옆얼굴 뒤로 오늘이 타오르고
있다

새들은 말할 수 없기 때문에 노래하는 것이 아니다 노
래 자체가 일차적으로 새들에게 속하기 때문에 노래한
다**

창밖의 공작새는 노래한다

창가에는 며칠째 그대로인 물병이 놓여 있다

그것은 햇빛과 함께 간이 테이블 위에 물의 형태를 찍
어낸다

물은 상한 채로 계속 투명하지

신발 앞코로 바스러지는 눈을 볼 때
왜 흰빛보다 곤죽이 된 회색 액체를 밟는 감각이 더 생
생한지

집에 온 나를 반기는 천사의 축축한 코가 입술 위를 누
를 때
깊어지는 인중은 인간의 것으로서 서로를 흉내 낸다

세수를 마친 너의 인중에는 한 방울의 맑은 물이 고여
있다

* 깜지: 새카만 털로 수북하게 덮인 몸에 호박색 눈동자를 가진
    개. 금빛으로 빛나는 눈동자가 마치 사물 너머의 이치를 바라보
    는 것처럼 깊어 현자 깜지라고 불리곤 했다.
** 막스 피카르트,『인간과 말』, 배수아 옮김, 봄날의책, 2013.

레이어링

어깨가 커다란 옷을 걸치고 걷는 사람의 뒷모습을 보면 이상해. 왼쪽 오른쪽 어깨에 걸린 공간의 텅 빔을 그 안의 어둠, 냄새, 추위, 어쩌다 숨어든 작은 짐승 같은 것들을, 작은 짐승을 숨기고 걷는 사람의 마음 같은 것을 생각하게 되네.

미래에만 사로잡힌 채로 살 수는 없는 법이지. 주머니 속의 돌을 만지며 생각하고 있다. 정말이지 이렇게 추운 날에는 주머니 속에 든 것을 좋아하지 않을 수 없는 노릇이야. 이것은 누군가 잘 길들인 코트. 습기와 먼지를 먹고 폭 꺾이는 어깨. 물냄새, 햇빛 냄새, 음식 냄새, 먼지 냄새가 쌓인 어깨.

주머니 속에서 만져지던 것이 돌이 아니라 바싹 마른 빵이라는 것을 주머니에 코를 박은 개 덕분에 알았어. 내가 말하자 너는 헌 옷에는 너무 많은 것이, 누군가의 버릇, 슬픔이나 분노, 인생사, 영혼…… 그런 것들이 뒤엉켜 있는 것을 모르느냐고, 코트에 박힌 개털처럼 단단히 붙어 있는 것을 모르느냐고 묻는다.

이 코트가 만들어진 해에는 너무 추운 겨울이 있었대. 너무 추워서 사람들은 가진 것 모두를 불을 피우는 데 쓰고 싶어 했지. 아무것이나 무엇이라도 활활 태워버리고 싶었지. 주머니에 든 지폐를, 마른 빵을, 썩은 열매를, 읽거나 읽지 않은 책들을, 가진 옷 모두를.

미미한 초록과 미약한 두께가, 아무리 포개도 깊은 숲을 만들 수는 없을 것 같은 어린나무들이, 하지만 전망을 가릴 만큼은 충분히 커다란 나무들이 우리 앞에 있어.

우리는 키를 키우는 것 말고 목말을 태우는 방식으로 본다.
뭐가 보여?

너무 커다랗고 텅 빈
숨을 곳도 숨길 곳도 없는
전망들

빛은 사방팔방에 널려 있고
추위가 있고
아무것이나 무엇이라도 활활 태우고 싶은 기분과 마음이

있고
따뜻한 공간이라고는 주머니밖에 없는데도 주머니에 넣어둘 것이 없었지.

냄새를 비추는

없는 존재가 되었다는 이유만으로 슬픔이 되긴 싫어

너는 흰 털로 뒤덮인 볼록한 배를 들썩이며 커다랗게
코를 곤다

거실 선반 위에는 동그란 돌이 놓여 있다 지난여름 피
서지에서 주워 온 것이다 한때 이 돌의 곁에 있던 돌과
이 돌에게는 다른 속도의 시간이 있다

돌은 희고 깨끗한 선반 위에 있다 돌을 움직이면 돌이
있던 자리는 선반보다 더 희게 남아 있다 돌은 어리둥절
하면서 다 지나간 여름의 크기와 형태를 유지한다

우리는 초여름 삼청공원을 함께 걷는다 연두*는 자신
에 대해 떠올릴 수 있는 슬픔을 모두 밟겠다는 듯이 풀잎
하나하나를 정성껏 밟으며 걷는다 뭉개진 잎사귀에서 축
축한 풀냄새가 더 진하게 퍼진다

너는 발바닥 건강에 좋다는 자갈길을 걷지만 그 자갈
들은 네 발보다 더 크다 작은 네 개의 발바닥에서 유일하

게 계속 자라는 것은 보잘것없고 보드라운 털

산책길 모퉁이 개집에는 스위티라는 문패가 붙어 있어
그 집 개도 밟고 지나간 자리에서 나는 쌉쌀한 풀냄새
를 좋아할 거야
이따금 쓴 풀을 뜯어 먹고 정성껏 냄새를 맡겠지

우리는 어느새 도착해버렸다는 생각
미래는 일곱 배의 속도로 온다

세상엔 사람 손이 가지 않은 게 정말로 드물구나
수제 간식 봉지를 뜯으면 뛰어오르는 머리통을 오른손
으로 쓰다듬는다

네게 필요한 건 아무것도 물려줄 수가 없다

손톱이 빠졌던 자리에서 새 손톱이 자라기 시작했어
아침마다 작은 손톱이 울퉁불퉁 올라오는 걸 보고 있
으면 내 손이 징그럽게 느껴져

잘린 극락조 줄기에서 솟아난 새잎은 기어코 말간 연
듯빛

그것이 귀엽다고 느끼는 순간을 지나친다

* 연두: 먹는 것을 무척 좋아하는 온순하고 사려 깊은 개. 조랑말처럼
걷고 염소처럼 뛴다. 투명에 가깝도록 가늘고 부드러운 흰색 털과
황갈색 털이 섞여 있으며 몸집에 비해 작은 머리와 커다란 귀, 풍성
하고 긴 꼬리를 가졌다.

잠 밖에

피로도 악몽도 없이 잠든 사람의 얼굴. 미지근한 액체 같은 잠에 담긴 얼굴. 표정도 기분도 없이 말간 얼굴. 깨끗하게 비워진 얼굴.

이 연약함은 너무도 경건해서
사람의 것이 아닌 것 같았습니다

해로운 잠에서 이제 그만 빠져나와

너무 피로해
날들을 뭉쳐 신고 다니는 것같이
무거운 신발은 발에 맞지 않고
발은 땅에 맞지 않는 모양인 것같이

피로도 악몽도 없이 잠든 사람의 얼굴
깨끗하게 비워진 얼굴

깊이가 사라진 평평한 무대
몇 세기가 지나도록 이끼가 끼지 않는 돌

노인이 없는 장면

빛만이 깊이를 만들 수 있는 무대
빛을 파는 신은 밤낮없이 성실하게
피로 속에서
해야 할 일을 하고
죽음 같은 잠에 드는 매일

여기서 보면 도심의 조악한 불빛들도 아름다워

새 사람들은
살 수 있는 빛을 사 적당히 자리를 밝히고
새로 태어나 함께 살게 된 개에게는 죽은 개의 이름을
붙여주었습니다

빛의 인과

눈을 뜰 수가 없어
세상이 너무 환해져버렸지 낮도 밤도 환하지
이 빛을 견딜 수 없어
너무 잘 보일 것 같아 바스러질 것 같아 다 날아가버릴
것 같아

잘 자렴
이불을 덮어주고 불을 꺼주는 손
언제나 불을 켜고 기다리는 마음이 있다면
매일 불을 꺼주는 마음도 있는 것이다

눈 뜨고 자는 짐승의 새하얀 눈동자를 덮어주는 손
환한 잠을 덮어주는 아늑한 어둠
손차양이 만드는 대낮 속 한 뼘의 어둠

극장에서 우리는 같은 어둠을 하나씩 나눠 갖네
1인용 어둠 속에서 스크린은
우리를 합친 것보다 커다란 얼굴 하나를 펼쳐놓네

폴라로이드 사진 속의 두 사람
하얗게 날아간 두 얼굴 위의 검은 눈동자 넷
둘 다 활짝 웃는 사진이 남아 있어서 너무 좋다
말하며 웃는 장면

조명이 비추는 쪽으로 돌아보는
어둠에 못을 대고 두드리는
얼굴에 반사된 빛이
우리 모두의 얼굴 위로 드리우고

어둠에 금이 가기 시작한다

너도 카메라를 들어보면 알게 될 거야
빛 속에 무언가를 숨길 수도 있다는 것
도시의 모든 것을 재료로 삼는다면 사람의 몸만큼 연
약한 재료도 없을 거야

같은 힘으로 쥔다면 으스러질 것 같은 작은 손을 의식
하면서

부드러운 손끝이 손등에 닿는 것을 느끼면서

힘껏 문을 민다
극장을 나오면 바깥은 여전히 지속되고 있는 세계

기다릴 옛날을 가져본 적 없는 손
작고 작은 손을 잡고 강을 따라 걸으면서
미래를 기다리기 위해 애쓰고 있다

강가의 연인들은 서로에게 기대 부서지는 물결을 보며
마음의 있음을 느낀다
무엇도 물을 부서뜨릴 수 없는데도

얼린 온기

하얗게 얼어서 떠다니는 입김들을 깜빡이는 가로등이 비추고 있어. 정말 추운 저녁이야. 오늘은 모든 게 다 얼어버린 아침 풍경이 있었어. 얼어붙은 공기 속에서 화병 안의 물은 병보다 더 단단하게 얼어 있었지. 화병에 꽂힌 백합은 투명한 땅 위에서 자라는 것처럼 보였어. 손안에서 녹아가는 식물의 몸통이 부드럽게 늘어지는 것을 보는 동안 죽음을 보지 못했어.

밤거리를 떠다니는 입김들은 창문에서 뿌옇게 부서지네. 손이 너무 차가워, 이 피부 아래로 흐르는 피의 온도는 어떨까. 라디오에선 저녁 뉴스가 나오고 있어. 원숭이에게 다른 원숭이의 뇌를 이식하는 데 성공했다는 소식이야. 이식을 위해서는 영하 15도에서 정확하게 얼리는 게 중요하다고 했어. 아, 지금 막 잠수교를 건넜어. 얼어붙은 한강 표면 아래를 흐르는 강물의 속도를 생각하며 영하 18도의 창밖으로 떠다니는 입김들을 보고 있어.

요즘 내 하루는 얼려둔 빵을 냉동실에서 꺼내는 일로 시작해. 자그마한 창문이 달린 오븐에 넣고 다이얼을 돌

리면 빵의 내부에서 웅크리고 있던 온기가 줄줄 흘러나
와 실내를 채우지. 창밖으로 얼어붙어 남겨진 간밤의 어
둠이 떠다니고 있어. 눈을 깜빡이는 사이 눈은 한 점도
내리지 않았는데 세상엔 온통 흰빛뿐이네.

모든 것이 흰빛 속으로 멸종해버린 것 같은 풍경이라
는 생각을 할 때, 거대한 흰빛의 냉동차가 고가 아래로
멀어져갔다. 눈 속에는 흰빛이 얼어붙어 남았다.

차가운 손을 잡고 떠다니는 입김들의 거리를 지나 집
으로 온다. 바깥은 입김 덩어리로 가득해 문을 열 수 없
고 손안에서는 맥박이 펄떡이고 있다. 가정용 오븐의 불
빛이 실내를 노랗게 물들이며 오후의 햇빛과 뒤엉키고
있다. 평화롭게 잠든 사람의 숨결이 몽글몽글 실내를 떠
다니고 있다. 얼려둔 온기 덩어리가 자그마한 기계의 창
문 너머에서 녹으며 온기를 퍼뜨리고 있다. 식물의 엷은
녹색 아래로 햇빛이 천천히 흐른다. 눈 속의 흰빛 위에
등 뒤로 흘러가는 풍경이 비친다.

식탁에 앉아 깜빡이는 가로등을 반짝이는 가로등으로
고쳐 쓰면서

마침내 겨울 배후의 풍경을 볼 수 있고 믿을 수 있는
것이다.

간격 속

가장 사랑하는 것을 화물칸에 싣고 먼 곳으로 가야 한다. 깨지 않도록 재우고. 모르는 것들과 차곡차곡 쌓아서.

잠에서 깨면 네가 꿈꾸던 바로 그런 곳에 있을 거야, 햇빛과 냄새와 작은 발로 밟을 풀이 가득한.
이런 말로 이해시킬 수도 없는

점차 따끈해지는 체온. 더해지는 무게. 규칙적인 숨소리. 감긴 눈꺼풀의 뒤편. 안락한 침대와 배를 쓰다듬는 손길이 등장하는 꿈. 상상력은 오직 인간에게만 주어진 것이라는 문장을 읽었다. 인간은 인간이라서 개가 개답게 행복한 잠을 상상한다.

다른 속도로 움직이는 일은 시간을 다른 방향으로 흐르게 한다. 우리는 지나온 시간에 다시 도착해 있을 것이다. 이런 일이 상상이 아니라고 상상해봐.

할 수 있는 일을 상상한다. 어떤 위로처럼 신도 사랑하는 것을 데려와 함께 살고 싶어 한다면, 어떤 잠은 영원히 깨지 않는다면. 신이 고장 났으면 좋겠다. 두려움 없이 감긴 눈꺼풀을 보고 싶다. 눈앞에 없는 이미지는 지우고 싶다. 눈꺼풀 너머를 자유롭게 상상하고 싶다.

이제 이미지들은 찢을 수도 없는 방식으로 있다.
이미지들은 시간보다 멀리 더 멀리 간다. 기억보다 가볍게 가볍게 간다.

영원하다는 것은 죽지 않는 일에 가까울까 끝없이 태어나는 일에 가까울까

낑낑대는 개의 떨리는 눈꺼풀을 본다면 악몽을 꾼다고 생각할 것이다.
하얀 털로 뒤덮인 뭉툭한 발을 잡아줄 것이다.
개들이 발을 만지는 것을 싫어하는 이유를 알고 있어도

어떤 날
아파트 창문으로 날아든 새에게 사람의 영혼이 깃들었다고 생각했다.

실내의 새에게는 공기가 무거워 보였고

우리는 열린 창문의 위치를 어떻게 알려줘야 할지 몰랐다.

당신 안에서 사랑하는 사람들은 유령이 되고 당신은 이런 방식으로 그들을 계속 살아 있게 한다.*

빛은 스스로 움직이지 않아서 어디에나 있다.

어떤 날에도 새는 새라서 날아간다.

날아간 이미지로서 새는 영원할 수 있다.

* 로버트 몽고메리, "The people you love become ghosts inside of you and like this you keep them alive", 「The People You Love」(2013).

관광객

여기 당신이
공부하듯이 상상해왔던 낯선 나라야

눈이 내리면 우산부터 챙기는 사람이 된다는 것
당신이 온 곳에서는 상상할 수 없는 일이라 했어

음악이 바뀌는 동안

안 보이도록 가느다래서 오는 줄도 몰랐던 빗줄기가
빗방울 하나하나가 유리창을 두드리는 소리가 들렸
는데
이상하게 징그러웠어
당신이 창문이라도 된 것처럼 왜 그래
말하며 당신은 웃겠지만
그래, 창문과 피부를 바꾸기라도 한 것처럼 오소소 소
름이 돋는
생생한 징그러움이었어

불을 보면서

나무도 재도 떠올리지 않는 연습
재를 쓸면서도 불 속을 상상하지 않을 것
쓸고 난 자리는 물로 씻어낼 것

왜를 질문하는 사람 덕분에 내가 울고 있다는 걸 알
았지
너무 아름다워서
머리를 한 대 얻어맞은 것 같은 아름다움이라서
그렇다고 대답하면 계속 울 수도 있었어

서른 권의 책을 번갈아가며 읽는
자꾸 책 밖으로 나가버리는 버릇을 가진 당신이
공부하듯이 여기를 상상해서
불순물이 너무 많이 섞여버린 낯선 땅이야

추위가 다 소진된 날씨
무릎이 푹 익어가는 계절이야

너무 아름다워서

무릎 뒤를 걷어차인 듯 다리가 절로 꺾이는 감동이라서
무릎으로 기어 왔어

여기서는 무엇도 얼지 않고
젊은이들에겐 여전히 언 땅을 깨부수며 걷는 습관이
있어서

눈을 뜨면
곤히 잠든 사람의 꿈속인 것 같네

닳아빠진 무릎이 푹 젖도록
달콤하고 수분 많은 과일을 앞니로 베어 물었어

뚝
　　뚝
뚝

무릎 위로
떨어지는 물방울이 각각 내는 소리를 들었어

한 점 빛도 들지 않는 실내의 호광등
아스팔트가 끓도록 햇빛이 퍼붓는 날씨
바깥과 여기가 각각 타는 듯이 밝았어

4부 관광觀光

관광

이번 주말에는 섬에 갈 거야 우리의 작은 개와 함께 갈
거야 자동차를 타고 갈 거야 바닷속 터널을 지나갈 거야
그럼 바다가 보여? 바닷속이 움직이는 그림처럼 창문에
걸려 있는 거야? 네가 묻지만

바깥은 천지가 어둠이라 창문에 비친 우리의 얼굴만
봐야 했어
밖이 정말 바다야? 보이지도 않는데 어떻게 믿어? 보
이지 않아도 믿지 않아도 있다는 걸 어떻게 설명해야 할
까 캄캄한 창문에는 두 개의 이목구비만 떠다니고

개는 인간이 보지 못하는 것도 볼 수 있대 그래서 허공
을 보며 짖기도 한대
깊은 잠에 빠진 우리의 개는 조용히 코를 골고 있었어

정말 그림 같은 풍경이야
섬에 도착한 사람들은 바닷가 언덕을 오르면서 말하지
컴퓨터그래픽 같아, 모형 같아, 가짜가 아니라면 설명
이 안 되는 아름다움이라는 듯이 가짜가 아니고서야 아

름다운 풍경은 없다는 듯이

　너는 혼자 걷겠다고 고집을 피우다 넘어지고 사람들은
아직 하나의 덩어리인 무릎을 보면서 깨졌다고 말하네
나는 깨진 무릎에서 흐르는 흙이 섞인 피를 닦아주었어
그 뜨끈한 액체는 너무 사실적이어서 그런 게 사실이라
면 눈앞의 풍경도 같은 사실이라고 말할 수는 없을 것 같
았지

　우리는 가드레일 하나 없는 절벽 위 해안 도로를 달렸
어 이 길의 아름다움은 끝장의 가능성을 포함해서 완성
되는 걸까 바다는 다 깨져버린 것처럼 조각조각 빛을 쳐
내고 있었지 산산조각 난 수평선은 도마 위에서 아직 살
아 있는 생선의 흰 배처럼 환하게 펄떡이고

　이 숲을 지나면 불꽃놀이를 보기에 아주 좋은 곳이 있
어요 차는 여기 두고 조금만 더 걸어요
　누군가 말하자 사람들은 풀숲을 헤치며 걷기 시작했어
제가 길을 만들며 갈 테니 이 길을 따라오세요 우리는 손

을 잡고 길을 따라 걸었어

왜 여길 길이라고 불러? 풀들이 전부 죽은 것처럼 누워 있는데? 너는 묻고 나는 대답을 고민하면서 계속 걸었어 죽은 풀들을 밟으며 걸었어 이 길을 따라오세요 바닷가라 그런지 풀이 참 억세요 긁히지 않게 조심하세요 풀을 꺾어 밟으며 앞장선 사람이 말했어

이렇게 웅장하고 아름다운 불꽃놀이는 처음 봐요 믿기 힘든 광경이에요
언덕 끝에서는 폭죽 공장이 폭발이라도 한 것처럼 엄청난 양의 불꽃이 하늘을 뒤덮고 있었지

불꽃도 불이야? 아니면 꽃이야? 왜 핀다고 하지 않고 터진다고 해? 네가 묻지만 불꽃이 터지는 소리 때문에 아무도 듣지 못한다 꽃밭에서 꽃들이 터지는 걸 보고 있자니 정말 좋네요 어떤 남자가 웃는다 사람들은 무엇이든 꽃이라고 말하면서 기뻐하는 동안 타오르는 불도 풀풀 날리는 재도 보지 못하겠지

컹컹 짖는 개의 그을린 꼬리 너머로 불꽃이 계속 터지
고 있다

관광

감은 눈꺼풀에 맺히는 빛 얼룩. 눈꺼풀을 들어 올리면 두 눈을 가득 채우는 검은 눈동자. 내 얼굴과 구겨진 이불과 아침이 쏟아지는 창문, 그 너머로 동공이 겹겹이 드리워진 눈동자. 내 얼굴과 등 뒤의 풍경을 빼고 들여다보는 것이 불가능한 눈동자.

불들은 다 어디로 갔어? 눈처럼 녹아버렸어? 눈처럼 쌓이지도 않고? 너는 지난밤 서로의 눈동자에 비치던, 하늘을 향해 쏘아 올려지던, 하늘에서 펑펑 터지던, 우르르 쏟아져 내리던 작은 불꽃들이 모두 어디로 갔는지 궁금해했지. 눈 안에 들어와 박혀 있으면 어쩌지? 묻는 눈동자에 비친 창문이 빛을 뿜고 있어서일까. 오늘따라 눈빛이 환하게 빛나는 것 같다. 어둠을 태우고 있는 것처럼. 불이 점점 자라면 어쩌지? 나는 불에 타는 것들을 많이 먹는데.

아무것도 불타지 않은 세계가 창밖으로 펼쳐져 있다. 꿈에서 또 만나자. 잠들기 전에 너는 부드러운 털로 뒤덮인 목덜미에 얼굴을 묻고 인사했지. 나는 너희의 꿈속에 천사를 보내겠다고 했어. 개의 털에는 희미한 화약 냄새, 불냄새가 섞인 지난밤의 날씨가 묻어 있네. 아직 잠에 빠진 우리의 작은 개는 입술을 들썩인다. 헛발질하고 코를 부르르 떤다. 천사가 너무 일찍 꿈속을 떠났구나. 꿈에서 냄새가 났기 때문일 거야, 다음에는 꿈을 깨끗하게 씻으렴.*

　아침 식당. 사람들은 접시와 포크가 부딪치는 소리로, 구운 빵에서 피어오르는 김이 불어넣는 습기로, 입안에서 스르르 풀어지는 오믈렛의 촉감으로 꿈을 씻어낸다. 천장까지 이어진 커다란 유리창. 여기서는 누구도 바깥의 간섭을 피할 수 없다. 간밤의 잠 위로 오늘의 날씨가 묻어 있는 얼굴의 사람들.

　이런 기억이 있다면 누구라도 믿을 수밖에 없을 거야. 저기에 창문이 있고 창문이 있으니 바깥이 있고 바깥에는 바깥의 세계가 있고 날씨가 있다는 것. 창문은 바깥의 존재를 믿게 하네. 아무리 촘촘한 어둠으로 채웠대도 창문의 이미지는 어둠 위로 포개지네. 어둠보다 바짝 다가

오네.

"유리를 만드는 일은 그림자를 만드는 일과 같지요. 빛에 피부를 입히는 일일 수도 있고요." 식당 한편의 스크린, 긴 막대 끝에 입을 대고 동그란 불덩어리에 숨을 불어넣던 유리 장인이 말했지. "날씨는 매일 새롭게 있고, 우리를 짓누르는 날씨 속에서 같은 날씨를 담고도 모두 다른 그림자를 만들 수 있다면…… 날씨를 조금 더 가볍게 얹고 다닐 수도 있지 않겠어요."

식당 테이블 위에는 모두 다르게 낡은 유리잔들이, 유리잔 속에서 찰랑이는 액체가 있다. 유리잔 속으로 꽂히는 빛. 그림자. 어떤 그림자는 불처럼, 어떤 그림자는 바다처럼 일렁이고. 같은 물 같은 빛을 담고도 불이기, 바다이기, 호수이기, 함박눈이기를 택하는 그림자.

불은 빛나는 것이기도 하거든, 불빛이라는 말도 있잖아. 봐, 지난밤의 불들은 저기 저렇게 담긴 채 쉬고 있어. 내 앞에는 한두 군데 이가 빠진 하얀 머그잔이, 진하게

내린 커피가 담긴 머그잔이 있다. 커피는 어둡게 찰랑이
고 빛은 불안하게 흔들거리며 피어오르는 김의 윤곽을,
주변으로 떠다니는 먼지를 비추고 있다.

세수를 하고 빛을 따라 걸었다.
빛은 내가 모르는 유리잔 안에서 빛나겠지.

* "그 천사가 오랫동안 머물지 않았다면 아마 당신의 꿈에서 고약한
냄새가 났기 때문이겠지요. 다음번에는 당신의 꿈을 깨끗하게 씻
으십시오"(밀로라드 파비치, 『하자르 사전』, 신현철 옮김, 열린책들,
2011).

관광

── 해상도

문을 열자 바깥이 쏟아졌다

텅텅 빈 정면
미친 듯이 펼쳐지는 풀밭
건물도 없고 나무도 없이
맞은편 없이
온통 훤하고 막연한
투명한 시야

빛의 바깥은 서로의 그림자밖에 없고
무엇을 마주 보려면 서로를 돌아봐야지

여기 이 활짝 핀 꽃 좀 봐
이름도 모르고 생김새도 낯선 것
무슨 꽃이지?
그래도 꽃이지?
그래 피어 있으니까
꽃 옆에 앉아봐
역광이라 얼굴이 안 나올 거야

얼굴을 사랑하게 되자 빛을 등지는 편이 좋았습니다
등 뒤가 빛이 있을 자리 같았습니다

하지만 여기 이렇게 방향 없이 광원 없이
맹목적으로
사방에 쏟아지는
빛

집으로 돌아가 작은 창문을 등지고
작은 개의 발을 따뜻한 물수건으로 닦아주고
블라인드를 내리고

반투명성과 투명성 사이의 긴장* 속에
눈에 익은 어둑함 속에 앉아 있다면

어린아이처럼 사는 것과 노인처럼 사는 것은 아주 비
슷하구나
머리를 빗겨주는 사람 앞에 앉아

목에 힘을 빼고
빗은 머리를 깨끗한 베개에 누이고
티셔츠에는 잠든 개의 코 모양대로 젖은 얼룩을 달고서
백 년에 한 번 꽃이 핀다는 나무에 핀 꽃을 올려다보고
이것이 처음이자 마지막이라는 생각 속에 있었습니다

창밖에 뭐가 있는 것 같아
어른거리는 것을 본 것 같아요

아가 정말 무서운 건 눈에 보이지 않는 법이다

여기엔 집도 없고
작은 창문도 커튼도 없고
긴장도 없이
투명하게 터지고 흩뿌려지는 세계

사랑하는 얼굴이 생기자 빛을 등지는 편이 좋았습니다
이 밝음이 눈에 익기를 기다리기엔 저는 너무 늙어버
렸습니다

천지에 널린 빛이 모든 것을

맹목적으로

분별없이 투명으로

무너뜨리네

* 양혜규 개인전, 「좀처럼 가시지 않는 누스」(2016. 7. 6.~9. 5., 퐁피두
센터) 보도 자료.

관광

— 양면 채광

마음은 자연과 마찬가지로 진공을 싫어하며,
장면을 완성하기 위해 무슨 정보든 채우려고 한다.
— 빌라야누르 라마찬드란

손에 귀신이라도 씐 것처럼 멈출 수가 없었지. 내 친구의 손은 귀신 들린 것처럼 쉬지 않고 움직여 케이크를 만든다. 케이크로 무엇이든 만든다. 머리가 하는 일엔 귀신이 들지 않고 손이 하는 일엔 귀신이 들어. 내 친구의 손은 귀신이 든 것처럼 귀신의 기억력으로 아무것도 잊지 않는 손. 한번 만든 세계는 잊지 않는다. 마음과는 관계없다.

꿈 없이 잠드는 기분은 어떨까. 새 이불을 덮고 누워 있는 일조차 너무 생생하다면, 천장에 새겨진 무늬 벽지에 박힌 펄 입자까지 본 것은 아무것도 잊을 수가 없다면. 그런 꿈이라면 흉몽도 길몽도 모두 잠을 덮친 거대한 피로 뭉치일 뿐이야. 꿈에서 버린 것, 꿈에서 가져온 것들이 한데 뒤엉켜 발에 차이고 공중에서 흩날려. 빛이 낯선 아침. 보기 위해서는 눈을 감고 기다리는 수밖에 없는 아침. 너는 입에 밥을 밀어 넣으며, 꼭꼭 씹어 먹으며 간밤의 꿈에서 나오려 한다. 시각을 실험하려다 너무 많은 빛에 눈을 내던진 나머지 시력의 일부를 잃어버린 2백 년 전 사람들을 생각한다. 화창한 한낮 하늘의 아름다움은 번번이 사진첩을 보고서야 깨닫게 되었던 것을 기억한다. 응시를 버리고, 응시로부터 자유로운 눈으로 빛을 보려 하지만 실패한다. 응시가 빛을 필요로 하듯이 빛도 응시를 필요로 하네. 마음과는 관계없다.

내 친구의 손은 귀신에 씐 것처럼 귀신의 마음대로 움직이는 것처럼 쉬지 않고 케이크를 만든다. 마음대로 멈출 수 없어 무엇이든 케이크로 만든다. 원래 케이크 상태의 자연이 있었던 것처럼 모든 것이 자연스럽다. 잠에서 버린 것들 잠에서 가져온 것들 잠 안으로 잠 밖으로 흘러넘치는 것들. 너는 먹을 수 있는 선물만 받는다. 정말 아름다운 케이크네요. 사라지는 것. 보존되지 않는 것. 기쁘게 없앨 수 있는 것.

크림이 녹고 있다. 실마리를 제공받지 못한다면 상상

력은 힘을 잃을 거야. 보이지 않았던 것은 무엇을 볼 수
있게 할까? 장면을 완성하기 위해 눈은 무엇을 채워 넣
을까? 우리는 기적이 지겹고 문밖은 너무 거대해 보여.
유리는 말간 눈동자로 우리를 응시한다.

관광
— 연결된 얼굴들

깨지기 쉬울수록 좋은 베개였다. 조심스럽게 머리를 누이고 잠든 사람들. 세심한 힘의 균형을 유지하며 잠든 사람들의 피로한 얼굴. 머리를 떼면 동그랗게 차오르는 베개의 표면을 본다. 하얗고 부드럽게 떠오르는 곡선.

꿈이었구나
부드러운 맨발을 깨끗한 이불 속에 밀어 넣으면 그만인 잠

호텔 침대에 누워 이곳의 수만 가지 잠을 의식하는 친구들아. 밤새 다른 이미지 속을 헤매던 친구들, 어디를 헤매고 다녔다 해도 아침이면 같은 이미지 속에 누워 있는 친구들아. 같은 이미지 속에 나란히 누워 서로 다른 이미지를 헤매고 다니는 친구들, 조식 접시의 포슬한 오믈렛 위로 포개지는 꿈을 의식하는 친구들아.

잠이 무서운 사람의 얼굴 위로 철퍽 쏟아지는 아침. 잠을 무서워하게 된 사람들은 도망칠 곳을 잃어버린 사람들이지. 우리는 이야기가 필요해서 꿈을 꾼다. 꿈에는 그

것이 꿈이라는 것 외에 다른 인과가 필요하지 않네. 우리가 이야기의 일부라면 좋을 텐데, 창문이 있으니 바깥이 있을 거라고 믿는 사람들이라면. 이야기로서의 설득력을 고민하는 사람이 쓴 시간이 흘러가고 다가오고 있다면.

우리는 이야기가 필요해서 극장에 간다. 겨울이면 체온을 유지하기 위해 옷 속에 새를 넣어 다닌다는 슬라브 사람들의 이야기. 스웨터를 움켜쥐는 새의 발톱. 가슴팍에 닿는 새의 등뼈. 너무 작은 온기.

이야기 속에 가둔 것들은 영영 잃지 않을 수 있대. 우리는 커튼콜을 보기 위해 극장에 간다. 죽었던 사람이 무대 위로 걸어 오르는 것을. 시시각각 다른 그림자를 만들며 움직이는 근육으로 작동하는 그의 얼굴을. 인중을 따라 모여드는 작은 땀방울을. 땀방울을 따라 빛과 다른 속도로 흐르며 빛나는 스포트라이트를.

등장인물들은 새와 함께 인사하며 조명을 받고 있네. 이야기 속에서 너무 납작한 인물이라는 평을 듣던 이의 살갗에 머무르는 빛. 그의 새끼손가락을 꼭 움켜잡고 앉아 있는 새의 가느다란 발가락. 볼록한 호주머니를 떨리게 하는 새의 양감. 눈동자를 비추는 인공조명은 홍채와 동공 사이의 거리를 더 멀리, 더 깊이 떨어뜨리고 있네.

나뭇가지의 아름다움을 보기 전에 나무 뒤에 숨은 호랑이의 눈동자를 보고야 마는 친구들아*
우리는 꿈에서 뜬 눈으로 걸을 수 있다.

* "살아남는 문제에 초점을 두면, 나뭇가지의 아름다움에 관심을 기울이기에 앞서 나무에 숨은 호랑이부터 알아차려야 한다"(리베카 솔닛, 『어둠 속의 희망』, 설준규 옮김, 창비, 2017).

관광
— 파사드

오는 길에는 뭐에 홀린 듯이 신발 구경을 했어

새 부츠를 구경하다가 나무 굽과 양털 안감을 살피다

가 엄지발가락에 닿는 앞코의 촉감을 느끼다가

남은 미래는 지금 신고 있는 한 켤레 분량이구나, 이걸

로 충분하구나

알아버렸지*

지난밤 잠 속에서 마주 앉아 잔치국수를 먹던 신이 말

했다

왜 그런 생각을 하세요, 잔치국수는 국수 가락처럼 길

게 오래오래 잘 살자는 뜻이래요, 나는 힘을 주지 않고도

뚝뚝 끊어지는 국수를 씹으며 희끄무레하게 코가 해진

구두를 신은 신에게 말해주었고

잠에서 깨 이불을 빨면서 오늘은 국수를 삶아야겠다

생각했다

동그란 창문 안에서 젖어가는 이불을 보며 이런 걸 세

탁기에 넣어도 되는 거야? 물에 막 담가도 되는 거야? 묻

173

는 너에게 그럼, 원래 물에서 살던 짐승인걸, 차가운 물에서 살았던 녀석들의 깃털일수록 가볍고 따뜻한 거야

대담했지 호수 위를 떠다니는 거위 사진을 찾아 보여주었지
사진 속에서 깃털들은 매끈한 윤곽으로, 하나의 곡선을 이루기 위해 찍힌 점처럼 부드럽게 연결되어 있어
하얗고 구김 없는 몸
물 위에서 물기 없는 날개를 가볍게 움직이고 있었지

코트 소매에 박힌 흰 털을 뽑아내며 걷고 있다
여기에는 먼빛이랄 게 없고 걸음마다 새로운 빛과 마주 보게 되고 누군가와 마주 앉으면 무슨 말이든 하게 되듯이 빛을 마주 보며 빛과 대립하지 않고 정면에서 빛나는 입구들, 그것을 먼 불빛이라 상상하면서

멀리 불빛이 보였습니다 이런 곳에도 마을이 있었던 것입니다 자 저기까지만
그런 마음으로 가고 있어 걷고 있어

해가 점점 길어지고 있구나

얼어붙은 머리카락이 뺨에 붉은 자국을 남기고 있네
돌아가면 따뜻한 국수를 나눠 먹고
새 이불을 덮고 잠드는 거야

빈 가방 안에서 마른국수가 부서지는 동안
푹 젖은 이불이 건조대를 무너뜨리고
물기는 조용히 마루로 스며들고 있다

따뜻한 국수가 가볍게 부드럽게 입술을 넘어가던 기억
앞니를 스치던 촉감 위로
얼어붙은 머리카락이 닿았다 떨어지기를 반복하고

불빛 아래의 따뜻한 빵 앞에 모여든 사람들
나는 빵을 비추는 빛을
광원의 의지를 본다

네 작고 무른 입술을 넘어가는 동안 국수는 정말 길고

환해질 거야

아직도 한참 더 이어질 것처럼

* 이 장면은 영화 「블루」(데릭 저먼, 1993)를 생각하며 썼다.

관광
―― 투명성

처음 아름답다고 느낀 기억은 언제입니까? 어떤 것을 보고 있었나요? 무언가 분명히 기억나는 장면이 있다는 생각을 하고 있었어. 그것이 아주 오래전 일이라는 생각, 그 장면의 온도와 냄새가 너무 또렷하다는 생각, 그것이 어린 내가 기억할 만큼 잘 찍은 사진이기 때문인지도 모른다는 생각,

점심거리를 사야 한다는 생각을 하며 가게 앞에 서 있었어. 아름답다는 느낌이 어떤 것인지 모르겠습니다. 그렇게 말해봐도 멍하니 바라보게 되는 장면들이 있고. 유리창 너머의 진열대. 자연광이 드는 실내. 황갈색 표면의 바게트 위로 노랗게 구워지는 빛. 바게트 사이로 켜켜이 쌓아 올린 분홍빛 햄. 날카로운 칼로 썬 버터의 부드럽게 녹아내리는 모서리.

상점에서는 죽음이 보이지 않네. 따뜻하게 데워드릴까요? 피부도 없고 체온도 없는 몸. 온도가 있는 몸. 죽음의 이미지가 없는 죽음들이 있네. 어쩜 우린 어둠도 빛도 극장에서 배운 것 같지, 눈앞의 환한 풍경은 등 뒤의 빛을

뜻한다는 것.

　창문이 정말 더럽구나 먼지가 부지런히도 쌓였구나
　창문의 더러움을 부끄러워하다 빛을 의식하게 되는 순
간에

　눈앞의 빛을 본다. 등 뒤에는 코를 골며 잠든 개가 있
어. 햇빛으로 얼룩진 노란 머리통을, 맹목적으로 따뜻한
이미지를 본다.

　나는 이 장면을 사진에서 본 것 같다. 남는 건 사진밖
에 없으니까요. 나는 이 장면의 아름다움을 추억하는 미
래를 본 적이 있고 그것을 기억하는 것 같다. 이것은 변
하지 않는 아름다움입니다. 영구적 경관입니다. 아름다
움을 붙잡아둘 수 있다면. 붙잡힌 아름다움을 꼭 쥔 채로,
소중히 여기면서, 손 밖의 것들을 망치기로 결심할 수도
있겠지.

　실내에서 겨울을 견디는 나무들과 창밖의 겨울

자연은 자신의 이미지가 되고 있어
창밖 풍경을 지울 속도가 필요하다

무섭다
영원한 경치를 약속하고 싶어 하는 마음이

관광
— 씻은 손

내 방에서는 창문을 닫아도 물 흐르는 소리가 들린다. 맑은 날이면 어린 나뭇잎이며 젖은 돌이며 냇물이 모두 햇빛을 반사해대는 통에 빛의 최선을 목격하는 것 같지. 최선을 다해 할 수 있는 모든 방법으로 빛나는 빛을, 물을 헤집으며 손을 씻고 왔어. 날이 이렇게 뜨거운데 물은 아직도 차갑더라. 요란하게 빛이 부서져대는 통에 손의 움직임이 어떻게 물을 방해하는지, 헤집고 섞어 다르게 만드는지 볼 수 있었어. 씻은 손을 말리는 동안에도 손에 달라붙은 물의 잔해들이 허옇게 번들거렸어.

정말 지독하게 빛이 따라붙는 날씨야. 오늘 아침엔 물로 만든 손을 잡고 있는 사람의 사진을 봤어. 혼자 자리에 누운 아픈 사람에게 사람들은 잡을 손을 만들어주고 싶었지. 그것은 몸 없는 손이어서 누구의 것이라도 될 수 있어야 했어. 사람 하면 손, 손 하면 온기, 온기 하면 사랑하는 사람의 손. 그래서 따뜻한 물은 손 모양의 비닐에 담겨 손이 되었다. 물로 만든 두 개의 손 사이에 놓인 잠든 사람의 손. 마음의 준비를 하셔야겠습니다. 손은 마음의 준비를 하고 방문을 여는 대신 철제 쟁반에 담겨 방으로 들어왔을까. 소독약 냄새를 맡았을까. 몸 없이도 따뜻한 손으로.

어둡다. 이 어둠은 비유가 아니야. 네 몸이 사방에서 유일한 구조일 때, 그런 어둠을 상상해본 적 있어? 캄캄한 허공, 광택 없는 어둠.

우리를 반사하지 않는 어둠.

우리가 사라진 어둠, 깨끗하게.

깨끗한 어둠 속에서 눈을 뜨고 있어.

부드럽게 드러날 윤곽들을 기다리고 있어.

빛을 구성하는 사람은 빛으로부터 완전히 벗어나야 한다.

우리는 빛을 뒤틀고 개혁하기 위해서*

완전한 의미를, 아름다움을 보살피기 위해서 빛으로부터 벗어난다.

나는 이 이야기를 빛을 만드는 사람에게서 들었어.

어둠 빛 손 따뜻함 물 차가움
알고 있던 모든 비유를 잊어.

아침은 의도 없이 오네.
빛은 아무것도 선택하지 않네.
풍경 안팎을 어디라도 비추네.
스스로 경치가 되려 하네.
구석을 없애고
의미를 없애고
어두운 부분이 없는 장면을 확보하려 하네.

우리가 여기를 나간다 해도
물속을 기어서 간다고 해도 우리의 등에 꽂히는
빛.

물이라면 발끝도 담그기 싫어하는 우리 개가 걱정이야.
젖은 그 애는 발등 위로 세상이 무너져 내린 얼굴이 되
는데

따뜻한 물은 마음을 준비하고 손이 되려 방문을 여네.

* 파브리스 르보 달론느, 『영화와 빛』, 지명혁 옮김, 민음사, 1998.

관광
— 한 사람을 죽이려면 맑고 환히 비추는 불빛이 필요하다*

악몽을 살피기 시작했다. 눈꺼풀을 닫은 채로 무언가 보기 위해 끝없이 노력해야 하는 꿈, 보려는 시도를 멈출 수 없는 꿈, 동공을 여닫는 상상만으로도 볼 수 있게 되는 꿈, 자꾸 새로워지는 꿈이었다.

우선 산을 내려가야겠다고 생각했다. 문을 열자 댓돌에는 몸무게 15그램 정도의 작은 새 한 마리가 누워 있었고 그것은 피를 흘리고 있지도, 이상한 방향으로 다리가 꺾여 있지도, 깃털이 뭉텅이로 뽑힌 자리를 갖고 있지도 않았지만 나는 그 새가 다친 새라는 것을 알 수 있었다. 새라는 동물의 미미한 뼈, 수북한 깃털, 동그란 몸통은 무엇을 감추는 모양이 되기에 좋구나. 손바닥을 둥글게 말아 조심스레 들어 올린 새를 안주머니에 넣었다. 다람쥐. 토끼. 박새. 물까치. 두더지. 산을 내려오는 동안 다친 작은 동물을 많이 만났다. 동물들은 하나같이 깨끗한 모양이었다. 산에 오르기 위한 옷의 아름다움은 주머니가 결정한다지. 나의 아름다운 등산복, 그 많은 주머니가 다 차는 동안 손바닥은 한 방울의 피로도 얼룩지지 않은 채 둥글어질 뿐이었다. 주머니들엔 작게 들썩이는 온기가 들어차 있었고 나는 각각의 주머니에게 흔들리지 않는 땅 같은 것, 한갓진 잠 한 번이면 도착하는 이동 같은 것, 무너질 염려 없는 집 같은 것을 주고 싶었지만 내려가는 길은 너무 험했다. 발부리에서 미끄러지는 작은 돌이 구를 때마다 조금씩 땅이 무너지는 것 같았다.

악몽을 샅샅이 살피기 위해서는 더 많은 용기가 필요했다. 너도 모르게 네가 기억하고 있는 것들. 흉몽은 길몽보다 정교하다. 이 꿈은 지나치게 정교하다. 이것이 정말로 꿈이기만 하다면, 밀폐된 꿈이라면, 꿈 바깥으로 아무것도 새어 나가지 않는다면, 그럴 수만 있다면 무엇이든 할 텐데. 무슨 일이든 하겠습니다. 그런 기도를 하게 되는 꿈이다. 아무런 꿈도 꾸지 않는 잠을 바라며 자리에 누우면 주머니에 가득한 동물들이 배겼다. 살아 있다기엔 움직임이 없는, 죽어 있다기엔 따뜻한, 발열 소재의 겉옷과 내 체온 탓이라고 하기엔 낯선 온기가.

잠에서 깨면 커다란 개 한 마리가 나를 내려다보고 있다. 그것은 아주 오래전부터 내가 잠에서 깨기만을 기다려온 눈길이다. 그 눈길 아래서는 누구라도 안심하며 다시 잠에 빠져들게 되는 눈이다. 아가, 잠들면 안 된다. 정신 바짝 차려야 한다. 그런데 여기는 이미 꿈속인데요. 개야, 너는 왜 뭘 보고도 짖지를 않니. 아름다운 꿈을 설명하기는 어렵고 설명하려 할수록 보여주는 것 말고는 달리 방법이 없다는 것을 알게 되었어요. 악몽을 설명하기란 이토록 쉬운데요.

악몽을 샅샅이 살피기 시작했다. 물의 차가움은 생생하다. 수면에 비치지 않는 손도 물에 담그면 젖는다.

젖는다고 느낀다.

---

* "몽테뉴가 말하길 '한 사람을 죽이려면 맑고 환히 비추는 불빛이 필요하다'고 했는데, 다만 이건 다른 사람을 향한 양심에 대한 얘기였지요"(주나 반스, 『나이트우드』, 이예원 옮김, 문학동네, 2018).

관광
──씻긴 손

창문이 필요했다. 손을 씻으며 바라볼 창밖이. 사람들은 해변에서 죽음을 준비하고 있었다. 끝을 상상할 때면 빛부터 사라질 거라 막연히 믿어왔는데 먼저 사라진 것은 밤이었다. 밤은 아니고 어둠이었다. 어둠을 잃고 나서도 사람들은 밤을 밤이라고 불렀으니까. 어떤 시간을 밤이라고 부르는 것이 우리의 약속이기 때문에. 이런 때일수록 약속을 지키는 것이 중요하다고 믿는 사람들이 있었기 때문에.

실현될 약속이란 마음을 정말 편안하게 하네요. 편안한 마음으로 미래가 없다는 약속을 믿는 것은 천국을 상상하기 쉽게 만들었다. 우리 중 몇은 그것이 상상이 아니라고 생각했다. 여기 이렇게 누워 있으니 창밖을 상상할 필요가 없군요. 상상력을 동원하기 위해 먹고 마실 이유도 없군요. 유리잔 부딪히는 소리, 녹아가는 얼음이 부딪히는 맑은 소리. 모든 것이 이미 너무 늦어버렸다는 느낌 속에서만 우리는 정말로 쉴 수 있는 거였군요. 따뜻한 모래에 발을 파묻고 차가운 맥주를 마시면서. 토닉워터를 섞은 진에 레몬을 짜 넣으면서. 씻어도 씻어도 손끝에서

지워지지 않는 냄새.

　손을 빛으로 장식하고 싶다. 빛이 잘 매달려 있도록 손
을 씻어. 창문이 필요했다. 손을 씻으며 창밖을 보고 싶었
다. 과다 노출된 세계에 던져진 젖은 피부들을 휘젓는 빛
의 손길을. 무엇이라도 휘젓고 뒤섞고 파묻고 녹이는 솜
씨를.

　유리 너머로 누군가의 시선과 마주칠 만한 것은 아무
것도 남기지 말자, 유일한 관객이 신이라 해도. 취한 채
로 남김없이 터지는 불꽃들을, 끝없이 쏟아지는 불꽃들
을 보고 있으면 정말 좋을 거야. 무언가 필 계절은 다 지
나버렸고 쉴 새 없이 터지는 불꽃들. 나란히 앉은 얼굴은
온갖 빛깔의 불꽃을 유리처럼 비추고 투명해진 얼굴은
한 번의 웃음으로도 산산이 깨질 것 같네. 어떻게 가져가
야 할까. 푹신한 것으로 감싸야 할까. 개를 꼭 안고, 털갈
이를 시작한 개의 무성한 목덜미에 얼굴을 묻고.

　다음 없이 끝나가는 여름 영원한 여름 속에서 미친 더

위도 지나가고 있었다. 겨울을 준비하는 무성한 털 속에서 땀으로 젖는 피부와 털을 각각 느낀다. 콧등을 타고 뚝뚝 떨어지는 땀이 털을 적시고, 젖은 털이 콧속을 파고들고, 젖은 털냄새가 진동하고. 내 평생 이렇게 오래 살고 싶은 적은 없었지. 너희의 눈을 감겨주고, 털을 정돈하고 머리칼을 빗겨주고, 부드러운 것을 덮어주고, 깨끗하게 씻긴 손발을 가지런히 모아주고. 손을 물기로 장식하면 점점 더해지는 미친 햇빛이 반짝이도록 꾸며줄 텐데. 유리 파편처럼 어쩌면 유리 꽃처럼 보이도록.

너희보다 조금만 더 오래 살아야 한다. 우리는 버석한 재 대신 축축한 피부와 털을 감싸고 누워 약속을 기다리고 있었습니다. 빌린 것을 모조리 돌려주는 사람의 가뿐한 마음으로. 언덕을 오르며 우리가 기대하는, 창문을 낼 때 우리가 기대하는 전망들.

창문이 필요하다.
분별없이 들이치는 빛이 우리의 구석구석을 지우네.
열 수 없어서 닫을 수도 없네.

관광
— 더위와 두려움

이렇게 추운 곳에서 살 수는 없어.

갓 구운 빵을 품에 안고 나오는 사이

자동차 앞 유리에 들러붙은 성에를 부수는 일에 골몰
하면서는

땅은 꽝꽝 얼었어.

삽자루가 부러졌어.

맨손이 더 어울리는 일이니 괜찮다고 생각했다.

흙냄새만 맡아도 토할 것 같은 날들이 있었어.

법주 한 병을 집었다가 아이고 내 정신 좀 봐

깜짝 놀라 내려놓았어.

맑고 투명한 액체

그리고 네게 무해한 것

유리병에 든 생수 한 병의 값을 치르고 가게를 나왔어.

나는 네가 먹으면 안 되는 것들의 긴 목록을 외우고
있고

이제 너는 내가 주는 것 말고도 많은 것을

냄새 맡고 핥고 물고 씹고 먹고 다닐 수도 있겠지만

그러다 술을 좋아하게 될지도 모르지만

늙은 개
아픈 개
오래 산 개
집도 절도 있었던 개
이렇게 죽을 수 있다니 이런 복이 또 어디 있겠습니까
부드러운 모양의 죽음
자연스러운 죽음을

마주 앉은 사람과 그려봤지.
불은 불대로 타고
비는 비대로 내릴 수 있도록 너무 미미한 비
젖은 불이 타오르는 것과
붉게 일렁이는 안개비가 내리는 것을 각각 바라보았어.

깜빡 잠들었던 것 같다.
눈이 부셔서 잠에서 깼던 것 같다.
사위는 끔찍하게도 조용했고 빛을 받으니 다시 잠이

쏟아졌다.

이제는 내가 언제 죽었는지 기억나지 않는다.*

암부를 통해서만 빛을 포착할 수 있는 법이라는
촬영감독의 말을 되새기며 걸었어.

가벼운 손을 흔들면서 땅만 보면서
걷고 있어도 땅은 너무 환했다.
끔찍하도록 밝았다.

습관대로
아무것도 없어 보이는 부드러운 흙에 코를 묻은 개를
기다린다.

* "이제는 내가 언제 죽었는지 모르겠다"(사뮈엘 베케트, 「진정제」,
『첫사랑』, 전승화 옮김, 문학과지성사, 2020).

관광

우리는 들어본 적 없는 숲길을 헤쳐 가고 있었다. 가로
등 하나 없는, 불빛이 새어 나올 창문 하나 없는 길. 손전
등 없이 횃불도 없이 휴대전화도 없이. 어둠에 눈이 익기
를 기다렸지만 눈에 익은 어둠 역시 완전한 어둠일 따름
이었다. 조도 없음. 구조를 지우는, 구조 없는 공간으로
유창하게 펼쳐지는 어둠. 있다는 믿음 없이도 있는 어둠.
여기 유령이 있다고, 사람이 있다고, 귀신이 있다고, 호
랑이나 신이 있다고 해도 있다고 믿으면 있게 만드는 어
둠. 우리의 믿음을 위해서는 소리가 필요했다. 사락사락
종아리를 스치는 풀잎 소리, 풀을 밟는 발자국 소리. 소리
로만 존재하는 사물들. 투명한 몸. 몸이 투명해져서 그런
가, 걸어도 걸어도 발이 무겁게 느껴지지 않아 좋네. 말해
봐도 웃음은 나오질 않고 정말 무게가 느껴지지 않는 무
릎을 구부리며 계속 걸었다. 이것이 어떤 풀인지, 얼마나
뾰족한 잎을 가졌는지, 우리의 종아리에 어떤 모양의 생
채기를 만드는지. 눈에 익을수록 눈동자를 어둡게 만들
기만 하는 이 어둠 속에서 알 수 있는 방법은 없었다. 그
러나 불빛. 저 멀리 보이는 불빛 하나. 흔들리고 점멸하
는 아주 작은 빛. 한 걸음 한 걸음 뗄 때마다 조금씩 커질

것이라는 믿음을 심어주는 그런 빛. 아직 도착하지 않은 빛, 도착할 빛 앞에서 무엇이든 있게 만드는 믿음은 불가능했다. 틀렸다. 제가 도시에서 나고 자랐기 때문일까요? 제 믿음의 흐릿함이 문제일까요? 제 마음의 약함이 문제일까요? 또 저 멀리 보이는 빛을 상상하고 말았습니다. 투명한 손을 잡고 투명한 발의 무게를 느껴보려 애쓰며 우리는 계속 걸었다. 투명한 발등을 파고드는 어둠을 들어 올리며.

모서리 허물기

소유정
(문학평론가)

1. 재세계reworlding

　김리윤의 시는 말한다. "우리는 기호가 아니다"(「이야기를 깨뜨리기」). 하나의 기호로 환원되기를 거부한다는 이 말은 김리윤의 시가 언어 또는 이미지의 형식과 의미에 사로잡히는 것을 극도로 경계한다는 뜻일 테다. 나아가 시를 가두는 모서리를 허물고, 바깥을 향하겠다는 다짐과도 같다. 이는 그 움직임이 단지 언어나 이미지의 형식을 넘어 책이라는 물성의 시집에도 유효하게 느껴지는 기이한 체험을 하게 한다. 그도 그럴 것이 이 시집을 읽다 보면 시가 분명 이 안에, 우리의 눈앞에 있지만 동시에 없다고도 느껴지기 때문이다. 정확히 말하면 있기는 하나, 보이지 않음으로서 있다고 여겨질 때가 있다. 마치 투명도 0에서 100 사이를 오가듯, 그러다 종내에는 완전히 투명해지고 마는 것이다. 암전과 명전 사이의 이 시를 어떻게 말하면 좋을까. 비평 역시 텍스트가 하나의 해석으로 의미화되는 것을 부단히 경계하며 그 무한한 가능성을 탐색하는 장르이지만, 비평적 언어란 그렇지 않을 수 있으므로, 나 역시 이 아름답고 투명한 언어를 하나의 그릇에 담지 않으려 노력하는 마음으로 쓴다. 대신 손가락 사이로 빠져나가는 잔물결의 시를, 그것의 반짝이는 윤슬을 감상하는 기쁨을 기꺼이 나누고 싶은 마음으로 쓴다.

다시 시의 이야기로 돌아와 형식과 의미의 모서리를 부수고자 하는 이의 시작으로 주목할 만한 것은 시집의 문을 여는 첫 시 「재세계reworlding」다. 1연에서 어느 영화 속 대사를 옮겨 와 주문처럼 외는 "지나간 일은 다 잊자/지나간 일은 다 잊는 거야"라는 말은 시의 제목과도 조응한다. 김리윤의 시가 탈의미·탈이미지를 지향하듯 "재세계reworlding"는 사전적으로 정의되지 않은 합성어이나, 유추해보건대 세계를 재건해야 한다는 뜻으로 읽을 수 있을 것이다. 이는 궁극적으로는 앞서 이야기한대로 기호의 세계 너머, 의미화되기 이전의 세계를 향하는 것일 테지만, 구체적으로 이 세계가 어떤 얼굴과 풍경을 하고 있기에 무너뜨리고 다시 쌓아 올려야 하는지를 확인해볼 필요가 있을 것이다. 세계의 면면과 재세계의 의지를 다음의 부분을 통해 보자.

세계의 근원은 이제 전기라고
인간은 빛보다 한참 느린 속도로 움직이면서 원하는 만큼의 빛을 만들 수 있다
운전자가 죽은 다음에도 계속 달릴 자동차를 가질 수 있다

이것은 생명의 낭비를 줄여주는 기술입니다
그러나 너무 환한 곳에서는 생명을 낭비하게 될 수도 있습니다
높은 조도에서는 사물을 정확하게 인지하기 어렵기 때문입니다
밝게 빛나는 하늘과 흰옷을 입은 사람을 구별하기란 거의 불가능한 일입니다

[……]

앞서 걸어가는 사람의 등에 죽은 짐승의 등이 포개져 있다
너는 어쩜 죽어서도 이렇게 따뜻하고 부드러운지

짐승의 등을 어루만지며

아름답다 감탄하는 사람들이 모두 사라진 자리에서 아
름다움은 시작되었다
이것은 전기로 작동되는 신이 들려준 이야기다
———「재세계reworlding」 부분

세계의 재건 앞에서 폐허를 짐작했을 수도 있겠으나
놀랍게도 이 세계는 폐허가 아니다. 우리가 살아가는 지
금-여기와 다르지 않은 세계, 그렇기에 반드시 재세계
되어야 하는 세계. "세계의 근원"을 "전기"로 삼아 빛
보다 느린 인간이 어디에서나 끄고 켤 수 있는 빛을 만
들고, 운전자의 생존 여부와 관계없이 전기로 움직이는
자동차를 만드는 세계. 이 세계에서 그러한 기능은 인간
의 편의를 돕고, "생명의 낭비를 줄여주는 기술"로 여겨
지지만, 한편으로 "너무 환한 곳에서는 생명을 낭비하게
될 수도 있"다는 것 역시 아이러니한 진실이다. 또한 죽
은 짐승의 털가죽으로 인간의 생명과 체온을 유지하는
것과 이를 보고 "어쩜 죽어서도 이렇게 따뜻하고 부드러
운지" 모르겠다며 "아름답다"고 감탄하는 것 또한 오랫
동안 계속된 불편한 사실이다. 그러나 정말로 아름다움
이 시작되는 건 그런 이들이 "모두 사라진 자리"에서 가
능한 것이기에 이 세계는 재세계되어야 마땅하다.

김리윤의 재세계는 이 세계를 정확히 감각하는 것에
서부터 시작된다. 시집 곳곳에서 발견되는 세계에 대한
명명으로는 "이 세계는 형태가 결정하는 물질로 이루어
진 레이어"(「영원에서 나가기」)라거나, "세계는 재현되는
평면의 연속"(「근미래」)이라는 말 등이 있다. 이는 우리
가 짐작한 대로 이미지, 즉 어떤 형태에 의해 의미가 결
정되고 지속되는 세계를 뜻하는 것이라 할 수 있다. 그
렇다면 이러한 의미화의 현상은 김리윤의 시에서 어떠
한 형태로 나타나는가? 「재세계reworlding」에서 그려지듯
빛과 전기라는 물질은 각각 자연적으로 생성된 것, 그리
고 인간에 의해 만들어진 것이라는 점에서 대비적이다.
이러한 구도는 여러 시편에서 변주되어 나타나는데, 가
령 여름을 기억하기 위해 "'여름'으로 찾은 이미지"들을
외우다 도리어 계절을 망각하게 된 이들이 "우리는 모
든 풍경을 그림처럼 바라보는 법을 배웠다"(「근미래」)며
"비행기 창문으로 본 풍경을" 두고도 "볼 때마다 신기해,
여기서 보면 모든 게 가짜 같아"(「생물성」)라고 말할 때
와 같이 말이다. 유사하게 "컴퓨터그래픽 같아, 모형 같
아"라며 "가짜가 아니고서야 아름다운 풍경은 없다는 듯
이"(「관광」, pp. 155~56) 이야기하는 장면도 있다. 이러한
모습에서는 참과 거짓을 가르는 기준이 인간에 맞춰져
진짜(자연/풍경)와 가짜(그림/컴퓨터그래픽)가 전도되고
있음을 알 수 있다.

인간중심적인 사고에 대한 비판적인 시선은 참과 거짓에 대한 판단뿐만 아니라 사람이 아닌 자연의 존재, 특히 동물을 대할 때에도 여실히 드러난다. 「얼굴의 물성」에서 누군가 "잠든 개의 얼굴"을 보며 "정말 사람 같"다고 말하고, "창밖 공작새의 아름다움에 감탄"하다가도 새의 "기괴한 목소리"가 아름다운 순간을 방해했다고 느끼는 것 모두 그러한 경우다. 하지만 시인이 막스 피카르트의 말을 인용하였듯 "새들은 말할 수 없기 때문에 노래하는 것이 아니"고, "노래 자체가 일차적으로 새들에게 속하기 때문에 노래"하는 것이므로, 새들의 노래를 소음으로, 또 언어를 대신하는 수단이라 판단할 수 있는 근거는 (불충분하지만) 우리가 '인간'이라는 것 외에는 어디에도 없다.

또한 김리윤의 시에는 형태를 알 수 없는 것에 부여한 물성 때문에 의미화되는 것들이 주목을 요한다. 예컨대 "사랑이 결실을 맺는다면 거기 열린 것은 뭘까"하고 묻는다면, 어떤 말보다 "사랑에 열리는 것이 있다면 자꾸 열리는 문이나 있겠지"와 같은 말이 현답일 것이다. 그런데 누군가 "우리는 모르는 사랑의 모르는 열매의 모습을 구체적으로 묘사할 수 있다"고 말할 때, 우리의 머릿속에는 자연스럽게 "사랑의 열매"가 떠오른다. 그러니까 "그것은 빛을 빌려 오기 좋은 매끈한 표면 빨갛고 작고 반짝이는 세 개의 동그라미 하나의 가지에서 뻗은 세 개의

초록색 줄기에 열린" "작고 분명한 물성"(「사물은 우리를
반대한다」)을 가진 이미지로 환원되는 것이다. 이처럼 형
태가 물질을 결정하는 양상은 아래 시에도 나타난다.

> 우리는 한 단어를 초과하고 싶지 않다
> 주민센터나 은행 앞에서도
>
> 우리는 매일 같은 집으로 돌아갑니다 우리는 같은 햇빛
> 에게 얻어맞으며 깨는 아침 우리는 아침 빛에 왼쪽을 맞으
> 면 오른쪽을 내어주는 뺨 그 빛 아래에서 몰랐던 털의 존
> 재를 알려주는 얼굴 같은 습도로 눅눅한 티셔츠 단어를 흘
> 러넘치는 우리는
>
> 그릇은 물에 담길 수 있다 물이 그릇에 담기듯이
> *가족당 한 부의 신청서만 작성하면 됩니다. ("가족"이란*
> *같은 가정에서 함께 살고 있으며……)*
>
> 조금 더 무거워진 가방과 두 사람이 들어서는 하나의 문
> 이것은 휴가의 끝에 대해 종이 한 장과 두 사람이 떠올
> 릴 수 있는 유일한 장면
> ──「얼굴의 미래」 부분

이 시에서 '우리'는 매일 같은 집에서 잠들고 깨어나

며 생활하는 '가족'이다. 한 가정에 살고 있는 공동체 집단이라는 점에서 '우리'는 가족이 마땅하지만, "주민센터나 은행"과 같이 법적 관계로 증명되어야 하는 장소에서는 가족이라는 한 단어에 담기지 못하고 흘러넘치고 만다. 가족으로 인정받지 못하기에 법적인 보호도, 지원도받을 수가 없다. 이 경우 또한 가족이라는 형태가 그 안의 물질, 즉 구성원을 결정하는 것에 다름 아니다. "그릇은 물에 담길 수 있다 물이 그릇에 담기듯이"라는 말은이러한 현실의 전복을 바라는 중얼거림이다. 이성혼 만이 가족을 이룰 수 있는 조건이 아니라 "혈연, 결혼 여부, 젠더, 성적 지향 등에 구애받지 않고, 함께 살아가"는이들 모두가 가족으로 인정받고 보호받을 수 있어야 한다. 모든 얼굴을 포함하여 가족은 다시 씌어져야 한다.

이와 같은 것들이 모두 의미망 안에 갇혀 있는 지금세계에서는 미래를 감각하는 일조차 쉽지 않다. 새로운의미의 가능성이 제한된 이미지만이 이 세계를 지배하고 있으니 말이다. 그 안의 본질을 찾기 위해 재세계는불가피하다. "집이 불에 타오를 때만 비로소 건축 구조를 목격할 수 있"고, "열매들이 나무에 매달린 채로 썩어갈 때/우리는 꽃의 모양을"(「영원에서 나가기」) 볼 수 있으니까. 재세계를 향한 발화發話, 터져 나온 말이 세계를점화點化한다. "모두 타버린 다음의 시간이 올 거야. 그런 것을 우리는 미래라고 부를 거야"(「라이프로그」).

2. 공간으로 열리는 미래

"미래는 공간으로 열린다"(「얼마나 많은 아이가 먼지 속에서 비를 찾고 있는지」)는 말은 다소 어색해 보입니다. 물론 시간과 공간은 결코 분리될 수 없지만, 이 문장에서 '미래'에 대한 가능성은 시간보다 공간에 한껏 기울어져 있는 것처럼 읽히기 때문입니다. 왜일까? 이는 어쩌면 아감벤의 말처럼 직선적인 시간의 지속성이 단절될 때, 인간은 과거와 미래 사이에 현존하는 고유한 공간을 다시 발견할 수 있게 되므로,[1] 시간성을 초월한 후에야 재발견되는 공간으로 하여금 긍정적인 미래를 그려볼 수 있는 게 아닐까. 그렇다면 지금 재세계되는 이 자리에서 공간에 대한 사유 역시 전환이 필요할 것이다. 이에 따라 김리윤의 시는 도형과 공간을 이루는 세 가지 요소 점, 선, 면에 대해서도 이전과는 다른 의미를 찾는다.

> 비행기에서 본 도시는 강과 바다가, 광장과 공원이 서로를 지나치게 닮아 있었어
> 늙거나 젊은 사람 여자이거나 남자인 사람 개와 고양이가 모두 같은 점으로 요약되고
> ─「생물성」 부분

---

1 조르조 아감벤, 『내용 없는 인간』, 윤병언 옮김, 자음과모음, 2017.

밤새 기록적인 폭설이 내렸다 아침에 눈을 떴을 때 커다
란 유리창에는 흰 지평선이 생겨 있었다 눈은 유리의 일부
를 하얀 면으로 채우고 있었다 어릴 때 봤던 개미집 관찰
교구 같아, 우리 중 하나가 말했고 파묻힌 식물의 가지는
지평선 아래에서 어지럽게 뻗은 채 무늬를 만들고 있었다
—「비결정적인 선」부분

방을 만들고 싶다는 생각이 들었습니다. 열거나 닫을 수
있는 작은 문을 만들고, 그것을 가볍게 밀면서, 언제든 나
갈 수 있고 들어올 수 있다면…… [……] 아니요, 제게 원
하는 풍경 같은 것은 없습니다. 저는 보이는 것을 볼 뿐입
니다. 모든 것이 이곳을 방으로 만들고 싶다고 생각했기 때
문인지도 모릅니다. 열리고 닫히는 문이면 충분하다고, 공
간이란 것은 언제나 문으로 열리고 닫히고, 완결되지 않은
채로 남는 것이 좋다고 생각했기 때문인지도 모릅니다.
—「장소성」부분

가령 점의 경우 비행기에서 내려다볼 때는 "늙거나 젊
은 사람 여자이거나 남자인 사람 개와 고양이 모두가 같
은 점으로 요약"되며 "모든 풍경은 점의 집합일 뿐"(「거
울과 창」)이라는 말처럼 부분인 동시에 전체를 아우르는
것으로 여겨진다. 선은 어떤가. 선은 지평선 또는 수평

선처럼 닿을 수 없고 막연히 직선으로 감각되는 선이었으나, 인용하고 있는 베르나르 브네의 작품「비결정적인 선」이 그러하듯 경계 지을 수 없고, 형태에 얽매이지 않으며 무한히 확장하는 것으로 나타난다. 면 또한 마찬가지다. 그저 하나의 문만으로도 공간은 충분히 성립하기에 특정한 장소성을 두지 않고도 어디로든 향하게 하거나, 사면이 유리인 글라스 하우스처럼 안과 겉의 경계를 무화시키는 것으로 다른 이해를 가능케 한다. 이렇듯 점, 선, 면에 대한 새로운 감각으로 공간을 (재)탐색하고, 미래를 도모하는 적극적인 움직임은 2, 3부의 시들에 드러나 있다. 특히 2부에 수록된「장소성」「생물성」「투명성」3부작은 각각의 속성이 세계를 감각하는 데 있어 주의해야 하는 요소이므로, 고유한 성질에서 벗어나 새로운 가치 정립을 위한 작업의 일환으로 보인다. 이중에서도 가장 눈길을 끄는 건 다소 모호하게 느껴지는 '투명성'일 것이다.

김리윤의 시에서 빛과 더불어 빈번하게 등장하는 시어가 있다면 바로 '유리'일 터인데, 빛과 유리 모두 투명성과 관계한다는 점에서 흥미롭다. 유리는 시집에서 여러 형태로 등장한다. 가령 유리라는 물질의 속성은 같으나 비추는 것은 다른, 거울과 창이라는 대비로 나타나거나(「거울과 창」), 친구의 이름으로 불리기도 한다(「유리를 통해 어둡게」). 대개는 유리잔이나 창문과 같은, 우리에게 익숙한 모습으로 있다. 빛이 모두 통과하는 탓에 유리는 대개 투명하고, 투명하기에 바깥의 존재가 있음을 믿게 하며, 세상을 있는 그대로 바라보게 한다고 착각하기 쉽다. 하지만 유리는 투명하면서도 단단한 물성을 가지고 있으며 그것을 자연스럽게 알고 있는 건 유리를 만들어낸 인간뿐이라는 사실을 우리는 종종 망각한다. 그렇기에 유리의 물성을 모르는 새나 개는 "투명을 허공과 혼동"(「장소성」)하여 유리에 머리를 처박곤 하지만, 인간은 헤매지 않고 투명한 벽 너머에서 안전할 수 있다.

3. 투명도 100

투명하다는 인식은 어떻게 생겨나는가? 우리를 이미지 안에 사로잡히게 하는 건 '보는 것'이라는 시각적인 감각과 연결되어 있다. 김리윤의 시가 이미지에서 벗어나 그 본질에 닿고자 한 것은, 다시 말해 보이는 것 이상의 무언가를 향해 가는 것이다. 우리는 어떤 대상을 볼 때 내가 그것을 '보고 있다'고 생각하지만, 사실 내게 대상을 '보게 하는' 건 빛이 있기 때문이다. 오직 빛의 반사에 의해 우리는 그것을 '본다'고 인식할 수 있다. 그렇기 때문에 김리윤의 시가 정말로 닿고자 하는 건, 빛이 우리에게 보여주는 것 너머, 그 의지를 가진 빛에 있다. 시인은 귀신처럼 또는 유령처럼 잠시 사물의 피부를 입고 나타났다가 사라지는 빛을 감각하고, 의도를 예단하는 법 없이 그것의 의지를 헤아린다. 이것이 김리윤의 시가 투명하게 빛날 수 있는 이유다.

"여기 당신이/공부하듯이 상상해왔던 낯선 나라야"(「관광객」). 3부의 끝에서 4부로 넘어가며 시인은 우리를 재세계로 안내한다. 4부에 수록된 열두 편의 연작시 〈관광觀光〉은 재세계 이전의 모습과 크게 다르지 않지만, 이전과는 다른 인식 체계로 이 세계를 바라볼 수 있다는 점에서 충분히 새롭다. 누군가 천지가 어둠인 바깥을 보고 "밖이 정말 바다야? 보이지도 않는데 어떻게 믿어?"라 물을 때, "보이지 않아도 믿지 않아도 있다는 걸 어떻게 설명해야 할까"(「관광」, p. 155). 고민하지만 설명하지 않아도 더 이상 모호하게 느껴지지 않으니 말이다. 새로운 눈을 뜬 기분으로 섬으로 떠난 이들을 따라 낯선 나라를 구경하듯 함께 걸음을 옮겨본다. 그러면 풍경을 볼 수도 있고, 빛을 볼 수도 있다[觀光]. 그것은 같은 글자를 쓰는 만큼은 같지만, 그 안의 의미까지 모두 같다고 할 수는 없다.

「관광」은 끝에 이를수록 점차 투명해진다. 그리하여 시집의 문을 닫는 마지막 시, 「관광」(p. 193)에 이르러 우리는 가장 투명하고, 가장 완전한 빛을 만나게 된다. "암

부를 통해서만 빛을 포착할 수 있는 법"(「관광」, p. 192)이
라는 말처럼 빛이 있기 위해서는 어둠이 선행해야만 하
는 것이라, 완전한 빛은 곧 "완전한 어둠"과 맞닿아 있다.
"모든 것을 투명하게 지우는 어둠"[2] 속에서는 우리의 몸
마저도 투명해진다. 사물은 오직 "소리로만 존재하"며 종
아리를 스치는 풀이 "어떤 모양의 생채기"(「관광」, p. 193)
를 만드는지 볼 수 없고 쉽게 상상할 수도 없다. 하지만
왜일까? 볼 수 없기에 무언가 '있다'는 걸 상상하기는 어
렵지만, 볼 수 없어도 상상하게 되는 것이 오직 빛뿐인
까닭은. 이미지로부터 벗어나기 위해 끝없이 상상했던
많은 것 너머, 어떤 얼굴로든 찾아오는 불빛 하나를 떠
올리게 되는 것은.

그러나 불빛. 저 멀리 보이는 불빛 하나. 흔들리고 점멸
하는 아주 작은 빛. 한 걸음 한 걸음 뗄 때마다 조금씩 커
질 것이라는 믿음을 심어주는 그런 빛. 도착할 빛, 아직 도
착하지 않은 빛 앞에서 있다는 믿음은 불가능했다. 틀렸
다. 제가 도시에서 나고 자랐기 때문일까요? 제 믿음의 흐
릿함이 문제일까요? 제 마음의 약함이 문제일까요? 또 저
멀리 보이는 빛을 상상하고 말았습니다. 투명한 손을 잡고

---

2 김리윤 산문, 「투명도 혼합 공간」, 강보원 외, 『시 보다 2021』, 문학
　과지성사, 2021, pp. 94, 93.

투명한 발의 무게를 느껴보려 애쓰며 우리는 계속 걸었다.
투명한 발등을 파고드는 어둠을 들어 올리며.

──「관광」(pp. 193~94) 부분

저 너머의 빛은 아직 우리에게 오지 않았다. "도착할
빛"이나 "아직 도착하지 않은 빛"이기에 그것에 대한 믿
음도 아직 충분치 않다. 그럼에도 '어둠 속의 희망'[3]을 품
어보는 이유는 빛이 있을 거라 여기는 방향을 향해 계
속해서 나아가고 있다는 실천적인 움직임 때문일 것이
다. "또 저 멀리 보이는 빛을 상상하고 말았"다고 고백하
면서도, 끝내 상상을 멈추지 않고 걸음을 계속할 이들은
끝내 암부 속에서 찰나의 빛을 마주할 수 있으리라. 언
젠가 걸음을 멈춘 곳에서 '우리'는 또다시 이미지로부터
벗어나고, '우리'를 담을 수 없는 모든 형태로부터 빠져
나와야 할 수도 있다. 끝없이 갱신되어야 하는 의미 속
에서 재세계는 몇 번이고 계속될 수 있다. 그럼에도 그
때마다 김리윤의 시가 흔들리지 않고, 재건의 과정을 잘
수행해내리라 믿게 되는 건 전환과 상상의 힘 때문일 것
이다. "다시 상상해"(「환등기」). 이 투명한 단단함을 가
진 목소리를 지금의 시에, 한 줄기의 빛이라 여기지 않
을 수 없다. ▨

3 리베카 솔닛.